ヒトの幸福とはなにか

養老孟司
Yoro Takeshi

筑摩書房

ヒトの幸福とはなにか　目次

ヒトの幸福とはなにか

装幀　神田昇和
カバー写真　小檜山賢二
ヤマガタトビイロトビケラ幼虫の巣

幸福

医者にはなりそびれたが、
身についたものだけが財産だと、いまでも思っている。
――「日本人の幸福とは」

日本人の幸福とは

幸福について、ときどきなにかきかれる。返事がむずかしい。人間のことはなんでもそうだが、一方には個人の問題があり、他方には社会の問題がある。しかもその両者が、微妙に絡まるのがふつうである。

まず育ちがある。いつの時代に育ったか、それによって話が違う。私は小学校二年生で終戦だから、ものの無い時代の育ちである。自分だけ「ない」と不幸だが、みんなが「ない」なら、べつに不幸ではない。

さらにいうなら、「ない」ものがわかっている状態は、むしろ幸せである。食べ物がないときは、ともかく食物を確保しなくちゃと思って努力する。いま思えば、大人がそれに懸命だった時代に育ったありがたさを感じる。なにかが欠けているのだが、それがなんなのか、はっきりしない。それがいまの時代かもしれない。「ない」ものが「見えない」世界、これはいささか暮らしにくい。

発展途上国の状況が気の毒だ、ひどいという報道がある。本当のところ、私は疑う。そういう状況が不幸だと、だれが決めたのか。そこになにか、根本的な錯覚がないか。

イラクを援助する。そう聞くと、いつも思う。あの国の石油埋蔵量は世界の一、二を争うという。お隣のサウジアラビアの王様は、たいへんなお金持ちである。そんな国に住む人が、なぜ「援助」される必要があるのか。石油を売って、あとはふつうに働けば、食えないはずがないだろう。「援助するほう」の日本に、そうした資源はなにもない。

産油国の不幸は、バブルのときに土地を持っていた人の不幸に似ている。こういうものは、はたして「持っている」といえるか。

私の母は、自分の身についたものだけが財産だといっていた。不動産もお金も、地位も名誉も、墓にもって入れない。ところが身についた技は、その人かぎりのものである。だから医者になれといわれて、私は医学部に入った。医者にはなりそびれたが、それでも身についたものだけが財産だと、いまでも思っている。虫をとること、ものを書くこと、それだけは身についているといえるであろう。

考えてみれば、日本自体がそうなのかもしれない。文化遺産といったところで、ヨーロッパや中国のように、過去の立派な遺跡が残っているわけではない。なにしろ地震国、火山国、台風国だから、形のあるものはアテにできない。万世一系、天皇制をいまだに保存しているのが、じつは立派な文化遺産であろう。ローマ教会に似てないだろうか。

いま世界の新聞で、日本関係の記事を見ていると、ほとんど悪口ばかりという気さえする。それも揶揄、軽いからかいが多い。なぜ日本が成功したのか、それが「見えない」からであろう。だからむしろ「なにか悪いことをしたんじゃないか」と疑われるらしい。

たまには開き直って、外務省にも外国にいってもらいたい。日本に資源はありません。国土は狭小で、しかも森林面積は七割近くを占めてます。狭い国土に人が集まって、ウサギ小屋といわれながら、ひたすら働いてここまで来ました。戦後とくにご迷惑をおかけしたことはないはずです。お隣の中国は、人口にして十倍、国土の広さは問題にもなりません。アメリカは豊かな国、一人当たりのエネルギー消費は日本人の数倍で過ごしてきました。そういう国がちゃんとやれて当然でしょうが。いったいわれわれに、これ以上なにをせよといわれるのか。

小さな国に向かっては、日本のようにやってみたら、といえばいい。実際に韓国、台湾を含めた東南アジア諸国・地域は、さまざまな意味で発展しつつある。暗黙に日本を見習っているのであろう。そういう国の経済を支えているのは華僑だとよくいわれる。しかし日本人だって、昔を尋ねたら中国南部からの移住者が多いことは、遺伝子からもわかっている。ひょっとすると、われわれも一種の「華僑」かもしれないのですよ。

それと個人の幸福と、どう関係するのか。私は財産があったわけではない。母は開業医だったが、お金は儲けなかった。死んだときに、借金が残らなければいいといっており、その通りになった。私自身も、自分にできることをしてきただけである。最近本が売れたが、本を書き出して二十年、そういうこともあると知った。二年前に死んでいれば、これほど本が売れることはなかった。戦後の日本と同じで、働いていたら、いつの間にか儲かったのである。遅れてきたバブルである。そんなものは「ない」と同じであろう。本人は儲かろうが儲かるまいが、いつも同じことをしていただけである。これからも「同じ」ように働いて死ぬであろう。私も日本人なのである。

（二〇〇四年一月）

ブータンで考える

ブータンの人々は表情がいい

人はなぜ旅に出るのか。そこに夢があるからであろう。もっともこの答えでは、あまりにもあたりまえか。

ブータンを去る前日、この国で唯一の空港があるパロの町のホテルで、一人旅のブラジル人女性が夕食をとっていた。現地人二人を含めて、われわれは六人のグループだったから、隣でにぎやかに談笑していた。食事を終えた彼女はわれわれに声をかけ、いくつかの質問をしてきた。われわれの答えをしっかり聞いているように見えたが、決して笑わない。こちらに感情を同期させようとしないのである。

ああ、これが一神教の世界か。私はそう感じた。なぜそれほどまでに屈託する必要があるのか。己を持す必要があるか。ここはブータンなんですよ。そう教えたくなる。だが私はなにもいわない。私は年寄りで、いまさら異邦人になにかを語る体力も気力もない。

その翌日、経由地のバンコクのホテルで、亡くなった遠藤周作氏へのインタビューをたまたまテレビで見た。遠藤氏は「死が怖い」と語る。それは彼一流の衒(てら)いでもあろうが、それだけではない。「遠藤周作の世界」が壊れるのが怖いと語るのである。ここでも私は「そんなことが」と思ってしまう。そんな「世界」など、もともとありはしないのに。

遠藤氏はカトリックだった。一神教は霊魂の不滅を説く。それなら自分にも不滅の霊がなければならない。それが近代という理性によって、いわゆる「近代的自我」に翻訳される。それがすなわち「だれそれの世界」であろう。霊魂が不滅であるなら、具合の悪いことに、「確固たる自己」が生前にも存在しなければならないことになる。少なくとも理性はそう主張するであろう。仏教的世界にそんなものはない。所詮は諸行無常、輪廻転生なのだから。来世の私は、あそこの犬かもしれないし、こちらの虫かもしれない。仏教における自己とは、そのていどのものに過ぎない。

そのていどの自己が、「確固たる自己」を主張するから、やっかいなことになる。それが日本の現代である。自己を主張するだけならまだしも、「自己がなければならない」と思いつめてしまう。そこまで肥大した自己が、若い人たちを追い詰める。挙句の果てが殺人である。友人に悪くいわれるほどの自己ですら、じつは存在しないのに。「明日になったら違う人」と、どうしておたがいに思えないのか。思わせないのか。

ブータンの人々は表情がいい。近代的自我がないからであろう。そのかわり偉い人の前では、不思議なほどに畏まる。王妃に給仕する侍者の手が震えるのを見た。私たちの旅行に付いてくれたガイドは二人、一人はふつうのガイドだったが、もう一人は閣僚経験のある偉い人で、亀井静香にそっくりだった。この亀井氏がニマルン寺院の長、ロポン・ペマラ師の前ではやっぱり畏まる。ペマラ師は当人の伯父なのだが、「やあ伯父さん、久しぶりです」という感じではない。

われわれの旅行をお膳立てしてくれたマンダラ旅行社の社長ドミニクも、なかなかの切れ者で、国営ホテルの払い下げを受け、それを経営しているくらいだから、政府関係者でもある。私はドミニクを呼び捨てにするから、私を同様に呼んでくれといっても、彼はウンといわない。ハワイの大学でも旅行業を学んでいるから、アメリカ式かというと、そうではない。「先生は私より年長者なんだから、そういうことはできません」という。それなら日本と同じで、こちらに別に違和感はない。

こうして回想すると、ブータンに行かないのは、バカみたいなものだと思ってしまう。行ったほうがいいに決まっている。そのかわりガイドはつきっきりで、「自由」は制限される。しかしどのみち、人生は制限に満ちている。それをきちんと悟るためにも、ブータンに行けばいいのである。そこに「私の世界」などという妙なものはない。

ペマラ師は日本に四回来たという。私は二度、これまでに出会っている。日本に来たときにも会っているのだが、ご当人はそれを覚えていない。今年七十九歳だといっていた。ペマラ師にインタビューをしたが、一つのことしか、結局は語らない。チベット、ブータンに仏教を導入したグル・リンポチェは、ブータンの八箇所で教えを説いた。そのうち七箇所には、いままでもなにかの施設がある。しかしただ一箇所、コダカにはそれがない。そこに寺院を建立したい。建物は自分たちの力でできるが、ご本尊の像を作る余力がない。なんとかならないだろうか。

さらにペマラ師はいう。もはやひたすら、仏に祈る生活をしたい。しかし政府が私をこの寺院の長に任命した。それを断るわけにはいかない。

こうしたペマラ師の生活の、どこに「私の世界」があるか。この人に話を聞く必要などない。顔を見ていればいい。みごとな顔である。人々に尊敬される坊さんである理由は、顔を見ればわかる。日本にもこういう坊さんがいるはずだが、あまり見る機会がない。

ブータンは変わりつつある。出会ったブータンの人たちは、たいていそういう。もちろんその変化は、好ましいものとして受け取られていない。その変化とは、日本でも徹底して進行した都市化であり、脳化である。

驚くべき別天地

私がはじめてブータンを訪れたのは九年前、ＮＨＫの「世界・わが心の旅」の取材だった。ちょうどその時、私は長年勤めた大学を辞め、まったくの風来坊だった。それまで私はブータンに行ったことがなかった。それで「心の旅」もないものだが、当時のディレクターだった桑田さんは、はじめてでもいいという。それなら行こう。私はあっさりそう決めた。今度の旅の若いガイドも、ドミニクも、ペマラ師も、その時以来の知人である。

最初の旅の記憶は、不思議なことにいくつも鮮明に残っている。当時が私自身の人生の転機だったこともあるかもしれない。ほぼ十年後の今日、ブータンを訪れたら、どう変わっているだろうか。だから新潮社から、どこか行きたいところはないかと訊かれて、即座にブータンと答えた。そうした記憶がどのていど正確なものか、それを知りたかったからである。旅の動機は、この歳になれば、かならずしも夢ばかりではない。自己を知ることでもある。どれだけボケたか、それもわかるかもしれない。

ここ十年のブータンの変化を語るなら、さまざまな統計数字を並べて解釈すればいい。ただし私にはその気はまったくない。私は役所ではない。私がブータンに惹かれるのは、人以外にもう一つある。それはむろん自然である。「別に天地あり、人間に非ず」。この「人間」はニンゲンではない。ジンカン、すなわち世間である。李白は山中に閑居して、この詩を詠んだ。中国にもまだ自然があった時代のことである。その別天地はどうか。これには驚くべきものがある。

今回の旅行では、中央ブータンのブムタンに向かった。パロやティンプからだと、それには標高三千メートルを超える峠を三つ、越さなくてはならない。パロとティンプのある谷は、人工化がかなり進んでいる。ここだけを見ていると、ブータンには松しか生えていないのかと思う。むろんそうではない。いったんティンプを出て東に走り、ドチュ・ラ峠に近づくと、自然の状況が一変する。杉が現れ、やがてモミ・ツガの仲間が多くなる。それなら他の木はないかというと、むろんそうではない。常緑広葉樹のカシの仲間、あるいはカエデなど、さまざまな樹木があることがわかる。

こうした高い峠を越すときに、いちばん驚くのは、日本での垂直分布（土地の高度や水深に伴って変化する生物の分布のこと）の常識が通用しないことである。笹とエーデルワイスつまりウスユキソウ、あるいはツガと常緑のカシが同居している。熱帯から亜熱帯にかけてのアジアの高山では、実状はこんなものなのかもしれない。私の常識が足りないのかもしれない。そもそも三千メートルのアジアの山なんかに、私は登ったことがない。

パロやティンプの樹木は、ほとんど松である。だから松茸の名産地も含まれている。ということは、そもそも松が生える土地だということである。ここでは松が建築用材として好まれるので、伐った後も松を植えるのであろう。あるいは勝手に松が生えるのかもしれない。それにしても、松の多さに驚く。全山、松ばかりなのである。

市街地や村の人家の近くには、柳が多い。柳は伐ってもすぐに生えてくるので、日本のクヌギやナラの役目をしているのであろう。じつは前回もパロやティンプで虫捕りをしていたのに、柳が多いことに気づかなかった。自分でも不思議だが、歳とともに植物への関心が違ってきたらしい。ともあれ松と柳が、ブータンの町の樹木だといえよう。中央ブータン、ブムタンの中心地ジャカルでも、基本は同じで、松ばかりである。ところが人のあまり住まないところでは、急に松がなくなって、さまざまな樹木が生える。この辺りの事情が、まだよくは理解できていない。もともと松が生えるような土地に、好んで人が住み着いたのであろうか。

そう思って、よく観察してみると、ティンプの近辺でも、じつは違う木が生えている。ティンプでは、皇太后の王宮が川沿いにある。その先にさらに古い寺院がある。この川沿いに生えているのは、樹齢数百年と思われるカシの類である。だからやっぱり、もとはさまざまな木が生えていたのではないかと思う。人が多く住むところでは、自然環境が単調化しているのに違いない。

これに拍車をかけているのは、牛や馬など、家畜の放牧によるグレイジング（家畜が生草を食べること）である。だから村に生えている草といえば、大麻とヨモギに決まっている。この二つを、おそらく牛馬は食べないのであろう。大麻は殺す前にブタに食べさせると聞いた。ブタが大人しくなるという。

西のティンプから中央ブータンへと向かう道で印象的な風景は、いわゆるブラック・マウンテンである。現在は現国王の名を付した国立公園になっているらしい。車窓からは谷を介して反対側に見えるが、ここは典型的な原生林である。ここまで大きな範囲で、原生林を一望した経験は、私にはほとんどない。たまたま泥道から車を引き上げようとしてウィンチが壊れたために、来た道を戻れなくなり、先へ先へと行かざるを得なかったマレーシアのジャングルが、似たような規模だったという記憶がある。この原生林にはいかにも虫がいそうだが、採るのは容易ではないであろう。自分が生きている間に、こういうところで昆虫採集をする。というのが、私の夢である。

生きる力を得る

ブータンの人たちは、自然の保護に敏感である。自分たちもそれを誇りにしている。この話題を持ちかけると、ブータンのインテリは、自然保護に十分な注意を払っていると、かならずいう。大臣に会ったときも、環境先進国のコスタリカに行ったことがあるかと訊いたら、むろんある、オランダ・コスタリカとともに、共通の会議をもっているといった。それはいいとしよう。ブータンの問題は、その自然が系統的に調査されていないことである。

そもそもブータンにどんな虫がいるか、それがわからない。インドの昆虫を系統的に調べたのはイギリス人である。『ザ・ファウナ・オブ・ブリティッシュ・インディア』というシリーズ本があって、アジアの昆虫を調べるときに、いまでも私は便利に使っている。このなかでビルマ（ミャンマー）は重要な役割を演じているが、ブータンはほとんど調べられていない。そもそもイギリス人が入りにくかったから、当然であろう。

鎖国同然だったブータンに、最近どっと入ったのは日本人の蝶採り、カブト・クワガタ採りの団体旅行である。これではブータンの人がビックリするのも無理はない。おかげでいまでは虫がすっかり採りにくくなった。

自分の国にどのような虫がいるか、それを系統的に調べている模範生は、コスタリカである。全国をいくつかのブロックに分け、それぞれに採集の専門家をおいている。ただし大学の研究者のような人ではない。あくまで地元の生きものに興味を持った、ふつうの人である。そうした人たちに研修を受けさせ、ある程度の報酬を支払って、インビオという中央の施設に標本を送らせる。標本の各個体には、バーコードで固有の番号が付く。日本のような「文明国」でも、こういうことはできていない。そもそも標本にバーコードをつけることすら、なかなかできないのである。

コスタリカは北米と南米をつなぐ土地である。現在の地理がそうであるだけではなく、二百万年以上前に、ここではじめて南北のアメリカ大陸が連結した。そのために北米由来の昆虫と、南米由来の昆虫が、コスタリカという土地で同居することになった。いまだに両者はかなりくっきりと分離しており、私のような素人でも、ほとんど即座にどちら由来の虫か、それが判断できる。

似たような意味で、ブータンの自然は面白い。昆虫でいうなら、中国の雲南省は一つの中心である。それを西にたどると、ブータンに行き着く。他方、ブータンの南はインドにつながっている。南からの要素と、東からの要素が、ブータンで混じりあっているに違いない。そういうことを、私はぜひ調べてみたいと思っている。

以前ヴェトナムの山の上で、飛ばない小さなハンミョウを採ったことがある。同じ仲間が、中央ブータンでは村の道端を歩いている。その村の標高が二千五百メートルあることを考えれば、いっこうに不思議ではない。しかし飛べないということは、隔離されるということで、隔離されるということは、それぞれの地方で固有の種に分化しやすいということである。ヴェトナム、雲南からブータンまで、山の上を調べていくのは容易ではない。しかしたとえばそれがわかってくると、この地域の地史的な状況が理解できてくるはずなのである。

自然を保護するというブータンの人にも、こういう話はなかなか通じない。だからブータンの人が自然を大切にし、それを誇りにしているのを見ると、私は戦前の日本軍をなんとなく思い出してしまう。皇軍は無敵で、日本の誇りであるはずだった。しかしそれは根拠のない思い込みに過ぎなかった。確固とした事実の上に築かれたわけではなかったからである。

ブータンの人は虫を殺さない。だから私のガイドはいう。セミの成虫が一週間しか生きないことを、この前先生がいらしたときに教わって、いまでもよく覚えています、と。親になったセミを殺さないことより、セミが生息する樹木をいたずらに切らず、森林を保護することが肝心である。私はそういいたかったのである。虫を殺さないという態度は、それ以前の段階で思考が止まってしまうことをも意味する。そこに私は不安を覚えるのである。

ドミニクがいう。われわれは松茸が日本では高価な商品だということを、つい十年足らず前に知った、と。だからいったでしょうが、と私はいう。系統的に自然を探求することが、じつは本当に自然を大切にすることに通じるんだよ、と。自然に一切手をつけないのが、真の自然保護だ、そう思う人は多い。アメリカ人はその典型であろう。私はそれを信じない。自然は毎日つきあうべきもので、そこからわれわれは「生きる力」を得る。都会人はそのこと自体をもはや信じないのである。そうなった人たちが、ユダヤ人であり、中国人であり、インド人である。彼らが商業者としてきわめて有能なことを見ても、なにかがわかるであろう。商業者は人の作ったシステムのなかで生きる。それはそれでいいが、自然はそれとは違う。あくまでも実体験でしかないのである。

峠で車を降りて、カメラマンが写真を撮っている。私はブラブラしながら虫を探す。ここら辺りにはヒルがいますよ。ガイドがそう警告する。ヒルがいるなら、私が最初にやられる。どこに行ってもそうなんだから。そう話して、だいぶ経ってから、車の中でアッと気づく。ヒルにやられて、私の靴下は血まみれである。肝心の犯人は、靴と足との間で潰れてしまい、平たい乾いた塊になって、靴下にくっついている。私の足には、傷跡だけが残っている。どうも私は、ヒルの好む化学物質を多く分泌する体質らしいのである。

バンコクを経由して、鎌倉の自宅に戻り、何気なく足をなでていると、妙なところにイボがある。ハテ、こんなもの、あったかしら。軽く引っ張ったら、イボが取れてしまったので、よく見てみるとダニである。日本のマダニくらいの大きさで、色が違う。忌々しいから、ライターで火刑に処した。これも足にかなり大きな跡を残した。

つまり自然とはそういうものでもある。いいことばかりではない。こういうときに私は薬もつけないでおく。同じ自然としての自分の体が、どう反応するか、それが楽しみでもある。ヒルに対する私の反応も、どこの土地のヒルかで、じつはまったく違ってくる。オーストラリアなら、一年くらいは固定蕁麻疹になって、跡が残る。ヴェトナムなら、数十分は血が止まらない。一週間は跡が残る。日本なら、その日の夜には、ほとんど跡も消えてしまう。私の体は、明らかに日本のヒルに適応しているのである。ともあれ美しい自然を保全せよというのはいいが、それでヒルやダニを嫌うのは、どこか変であろう。

旅とは、要するに夢

中央ブータンのジャカルで、野菜と花を作っている農民の家を訪問した。日本でいうマメコガネの一種が、せっかくのダリアの花をかじっている。つぼみの一つを両手で覆って虫を手に集めたら、手のなかが一杯になった。栽培植物は虫にとっては美味しいらしい。野生の植物には見向きもしないのに、栽培植物にはおびただしい数で群がる。これはわが家の庭でも経験することである。

それでも彼は虫を殺さない。専門家が来てくれるのを待っているという。五種類の甲虫が困る。そういって、順次名前を挙げる。その一つはマメハンミョウである。これがたくさんいることは、前回いやというほど採ったから、私は知っている。ところがいまこの家の農園にいるのは、インド系の羽の赤いツチハンミョウの一種である。彼はマメハンミョウとこの種の類縁を知らない。説明してもムダである。そのためには、分類学を最初から講義しなければならない。

これもヒルやダニと、どこか似た話である。殺生を嫌うのは、美しい自然を好む態度に似ている。たしかに自然は美しいが、それは一面に過ぎない。ヒルやダニを欠いた自然は、自然ではない。同様に、人は殺生をしなければ生きられない。ブータンの人たちだって牛を食べ、鶏を食べ、ヤクを食べる。食べる牛は、しばしば「崖から落ちた」牛なのである。

問題は殺生それ自体ではない。それが意味するものである。われわれは生きものを作り出すことはできない。それを知っていれば、なんの問題もない。脳化した社会は、人の意識こそがすべてだという錯覚を強固なものに変える。その意識は、大腸菌一つ、じつは作ったことがないのである。自分が作り出せないものを、破壊する。それは子どもの行為だが、脳化社会の人たちは、その意味では大きな子どもである。だからやたらに木を切るなと私はいうのだが、ドミニクは柳は伐ってもすぐに生えるから大丈夫だという。それはわかっているが、私がいいたいのは、そのときに自分がどれだけのものを破壊しているか、それを意識しているか、ということなのである。意識とはそういうふうに「使うべき」ものである。この木を伐ったら、いくらで売れるか。そういうふうに使うべきではない。

ふたたび思う。私が子どもだった頃、日本はいまのブータンのようだった、と。偉い人は偉かったし、子どもは未来に満ちて幸せで、大人は現在を生きるのに精一杯だった。そう思えば、私は良い時代を生きたのであろう。ブータンの学校を訪問すると、まさにそう思う。子どもに屈託がない。子どものいるべき場所に、子どもがいるのである。だから表情がいい。
川では裸の子どもたちが泳いでいる。ヒマラヤの渓流では、いかに夏とはいえ、寒かろうと思う。だれもそれを禁止しない。いまの日本であれば、危険だから、監督つきでプールで泳げというに違いない。その世界では、子どもが子どもを殺す。カッターに人の命を絶つ権利はない。そんなことはわかりきっているのに、大人たちはそれを子どもに教えようとしない。カッターを動かしているのが人だから、人が人を殺すと思っている。そういう思考を私は抽象思考というのだが、人々は私の思考のほうを抽象だと思っている。

それならブータンは理想郷か。この国の変なところは、男女の関係である。ドミニクのホテルで、私たちの大荷物を運ぶのは女性である。食堂で給仕するのは、男たちである。ドミニクはこの国には男女の差別がまったくないからだと主張する。そこにも自然保護と同じ、奇妙な「近代化」が支配しているのを、私は見てとる。解剖学を少し学べば、同じ筋肉であっても、筋細胞の数は、ふつう男のほうがはるかに多いことを知るはずである。それなら男が力仕事をするのは、べつに変ではない。適材を適所に当てただけのことである。

ここでも、系統的に自然を知るという面に、ブータンの問題があることがわかる。世界の都市化が行き過ぎて、自然という方向に価値観が転回してきたところで、ブータンが前面に登場してきたという印象である。おかげでブータンは、トラック競走でいえば一周遅れのトップになった面がある。しかしそれはあくまでも一周遅れだということに、ブータンの人が気づくべきなのである。個人であれ社会であれ、自分がいちばんそうだと信じていることが、しばしばいちばん危うい。

ペマラ師のお寺が完成することを、私は望む。寺がなんの役に立つか、いまではだれも上手にいえまい。それならそれは価値のあることに違いない。意識がきちんと答えられないことにこそ真実がある。七十年近く生きてくれば、いくらなんでも、そのくらいのことはわかる。きちんと答えの出ることなら、科学論文を書き、金を儲け、統計数字を扱えばいい。その世界だって、最後の答えは、じつは出はしないのである。理性に最後の解答がないことなど、理性がいちばんよく知っていよう。それは説明するものだからである。説明はつねに解答ではない。

またブータンに行こうと思う。少なくともその頃まで、まだブラック・マウンテンは残っているであろう。その頃にはブータンの人たちの気が変わって、思う存分、あそこで虫を採らせてくれるかもしれない。採らせてくれなくたっていい。それでも、いずれ採らせてくれるかもしれないという夢が残る。やっぱり旅とは、要するに夢なのかもしれないのである。

（二〇〇四年九月）

森を捨てたヒトが還る場所。

ヒトにいちばん近い類人猿たちは、森に棲んでいる。でもヒトは違う。森から出てしまった。森を出て、草原で二足歩行をするようになった。

だからヒトは森の中には棲めない。地面を歩くしかない動物だから、親戚であるサルたちのように、木の枝にぶら下がって移動するようなことはしないし、できない。ターザンならできるが、後にも先にも、他にはいないらしい。他方、歩くのは得意で、二本足でどこまでも歩く。起源のアフリカから、南米の端まで行ってしまったではないか。動物は四本の足で律儀に体重を運ばなければならない。その意味では、歩くのは上手ではない。ヒトは二本足で、半ば前に倒れながら、つまり転がるようにして歩く。そうして歩くエネルギーを上手に節約する。だから長距離を歩くことができる。

森の中を歩こうと思えば、歩けないことはない。でも森は暗い。熱帯雨林なら、森の中はじつは地下というしかない。ほぼまったく日が当たらないからである。そこではすべては樹冠にある。鳥も虫も蛇もサルの仲間も、みんな樹冠で暮らす。樹冠がじつは地面に相当する。熱帯雨林の地面を歩いているのは、アリだけである。地下だから当然であろう。日本では照葉樹林がそうである。中が暗い。だから縄文遺跡は北方に多い。冬になれば葉が落ちて、森の中は明るくなる。

ヒトは明らかに森を好む。でもその中では暮らさない。だから都市には公園つまり森の模造品を作る。住もうとすれば、かならず森を切り開く。切り開いて明るい平地を作り、そこで暮らす。森からまったく離れてしまうのはイヤなのだと思う。日本ではそれで鎮守の森を置くのであろう。

森を捨てたヒトは、にもかかわらず森への郷愁が強い。森を捨てようとして、捨てきれない。だから森の縁に住もうとする。実際に、森の中より林縁が住みやすい。多くの虫も林縁を好む。森林の縁はじつは樹冠の続きともいえる。林縁では樹冠が地面に向かって落ちていくからである。ヒトはやっとそこで樹冠に近づくことができる。そこをいまでは里山ということがある。森を人が利用するには、林縁を使うしかない。

林縁や里山には、生きものが多い。つまり生物多様性が高い。縁には複雑な状況が発生するからである。さまざまな環境が用意されるから、いろいろな種が生息できる。森と林縁、草原が組になって、生物多様性の高い環境が成立する。もちろん川や池沼も欠くことができない。谷間はじつは樹冠が地面に向かって落ちていく場所でもある。

私自身は森が大好きである。でも森の中にはいない。近くに住む。近くにいて、森を眺める。ときどき森に入って、虫を追い、生きものを追って、我を忘れる。それが元来のヒトの生き方ではないかと思っているが、それにしては今ではビルに住み着く人が多い。あれは崖の洞窟で穴居生活をしている人に見えますね。それもヒトの生き方ですけどね。

（二〇一六年七月）

風景

何事も遠景から近景に、あるいは近景から遠景にズームを切り換えて見る習慣がある。

――「木を見て、森を見る」

木の芽時

この季節、山を見るとひたすら嬉しい。色とりどりの緑が見える。そうとでもいうしかない。伸び方がさまざまな段階にある若葉の色が、千変万化する緑を生み出す。一枚の葉が色つきの点になって、見慣れた山の景色がそのまま印象派の絵に変わる。

嬉しい気持ちは、景色の変化のせいだけではない。しばらく音信のなかった人から連絡が来る。これは国家機密です、などとある。いわずとしれた「木の芽時」である。私の脳にも似たような変化があって、「嬉しい」のであろう。季節による生物学的変化である。

何より嬉しいのは、いよいよ虫の季節になることである。ふつうの人は逆だろうが、そんなことは私はかまわない。サクラに毛虫というが、私はサクラ党ではなく、毛虫党である。ゆえに絶対少数派であることを運命づけられている。

早速、網を手にして、山奥に入る。もっともいまの日本に「山奥」などない。いたるところ立派な舗装道路で、道路だけを見ていれば、どこの町中かと思う。過疎農道という看板が出ている。過疎防止か、過疎促進か。たぶん後者であろう。道路が良くなれば、出ていくのが楽になるからである。逆向きに入っていくのは、私くらいのものである。
山奥の立派な道路を車で走って、昆虫採集をする。虫をとる私には、本当にありがたいことだが、変な時代になったものである。立派な道路なのに、行き交う車はほとんどない。変なのは私か、世の中か。

（二〇〇三年六月）

新緑のころ

私の好きな風景って、なにより草木の生えた自然の風景。それがテレビの画面や写真に映っているると、内容のいかんにかかわらず、眼が留まる。逆にいえば、街とか、人間とか、そういうものは実物で十分。いくらでも毎日見ている。

あまり遠景より、やや近くで、一つ一つの木とか、草とか、それが見分けがつくていどがいい。そうなると今度は、どんな虫がついているか、それが気になるけれど。じゃあ、虫が映っていればいいかというと、それでは視野が狭すぎて、面白くない。注文が多くて申し訳ないけれど、おわかりいただけるでしょうか。

どういう虫や生きものがいるか、想像が膨らむが、実際には見えていない。そのていどの景色がいい。そういう景色を見ていると、どんどん夢が膨らむ。こればかりはどうしようもない。他人に説明してわかってもらえるとも思えない。

具体的に日本で好きな風景なら、西日本、とくに四国あたりの新緑。紅葉の名所なら、いまではドライブ用の地図に紅葉マークで記されているが、そういうところは同時に新緑の美しいところである。私は紅葉よりも新緑が好きで、ソメイヨシノよりヤマザクラが好きである。散るより、これから豊かになるほうがいい。

自分の年齢を考えるなら、もう散るほうだから、いまさら紅葉なんか見たくない。西行だって花を見て死にたいと思ったのだから、私は新緑である。日本の新緑の美しさ、その色彩の多様さは、ほとんど言語を絶する。あれを感覚的に知っていれば、「生物多様性」なんて言葉はいらない。いつもそう思う。それを本当には見たことがないから、変な言葉を使うのであろう。

日本の自然、その美しさなんて、いい古されたことである。でも現実にそれを見たことがあるだろうか。私は見たと思う。またいつでも見たいと思う。

（二〇〇七年四月）

高知の自然と、昆虫と

高知空港はじつは南国市だと思うが、空港に着くと、まず山が見える。山が見えると、「アッ、虫だ」と思ってしまう。海は見えないけれど、それは当たり前で、山と違って低いから見えないのである。でも海があるのが感じられる。私は海と山に挟まれた鎌倉で生まれ育ったから、海が近くにあると、なぜか分かるのである。忙しいときは飛行機で行くが、時間が許すなら、岡山まで新幹線で行き、高知行きの特急列車に乗る。これが大好き。途中で大歩危(おおぼけ)・小歩危(こぼけ)の難所を通る。吉野川が四国中央山脈を横切るところである。

じつは小学生のときから、変だなあと思っていた。日本でも有数の大河と教わった吉野川、四国三郎が、なぜ高い山を横切るのか。山を横切るから、深い渓谷ができる。でも、変だと思いませんか。川が先にあって、それから山ができたんですよね。そうでなければ、あんな渓谷ができるはずがない。

高知で虫を採りだして、理由が分かってきたように思う。四国って、玉がふたつくっついた、亜鈴のような形をしている。これって、本当にふたつの島がくっついたんじゃないのかしら。

そう疑うようになったのである。

なぜなら同じ四国でも、西と東とでは、同じ虫でもいささか種類が違うからである。説明が面倒だが、要するに微妙に違うのである。似たような種なのだが、西のものと、東のものは、明らかに別種になっている。

そういうことが生じるのは、日本列島の長い歴史に関係があることが分かっている。本州は東北、関東、中部、近畿、中国に分かれる。でもこれらの地域は、千万年という単位の時間をさかのぼると、じつはそれぞれ別の島だったということに、気がついておられるだろうか。中部と関東の境がいちばん分かりにくい。なぜならいまではべったり長くくっついてしまっているからである。それが糸魚川 - 静岡構造線である。

小さいけれども、虫を見ている限り、四国のなかでも似たことがあったに違いない。私はそう考えている。こうした昔の島の境界で、虫も違う種に変わるからである。

十年近く前から、たまたま四国のゾウムシを採り始めた。特別に理由があったわけではない。ただまとまった小さな地域なので、虫を調べるとしたら、調べやすいんじゃないかと、勝手に思っただけである。学生の頃にも、高知に虫を採りに来たことがある。高知市から出発して、室戸から足摺まで、全県を歩き回った。そのときはオサムシを探していたのだが、さっぱり採れなかった。そのあと対馬に行って、大収穫があったから、四国に恨みがあった。なぜ虫が採れなかったんだろう。それから四十年して、捲土重来を期したのである。

　でも今度の相手はゾウムシ、それもヒゲボソゾウムシという仲間である。この仲間は、学生のときに採りそびれたオサムシと共通点がある。それは日本の国内で地域的に分化することである。場所によって、特徴が違ってくる。採り始めたら、それがよく分かった。たとえば高知県の西と東で、違う種類が採れる。

　最初に四万十川をさかのぼって、源流の南宇和山地に行った。高知側は黒尊の谷である。ここでゾウムシを採って、だんだん東へ移動した。東の香川県や徳島県に行くと、たとえば西でたくさん採れていたトゲアシヒゲボソゾウムシがいなくなって、全部がケブカトゲアシヒゲボソゾウムシになってしまう。名前がややこしいのは、私のせいではない。じゃあ、どこで種類が入れ替わるんだろう。

　この種のゾウムシは、普通種といわれるもので、山に行きさえすれば、どこでも採れるのである。棲んでいる場所も、生態もまず同じというしかない。それなのに、東西で採れる種類が違う。これは面白い。

　それからほぼ十年、四国で虫を採り続けた。やっぱり亜鈴の中央の棒の辺りに、東西の境がある。それもかなり接していて、境界の確定はなかなかむずかしい。四国に住み着くしかないか。そんなことまで思った。

高知県が東西に長いことは、だれでも知っているであろう。その東西で、生きものが違うことを知っている人は、どのくらいいるだろうか。牧野富太郎はそれを知っていたはずである。私は植物に詳しくない。これから勉強をしなくちゃ、と思っていた矢先に、この原稿を頼まれた。物部(ものべ)川を境に、ノギクの種類が違う。そんなことが知られているからである。調査して歩くと分かる。日本は広い。それを狭いと見るのは、見る目が粗雑だからである。牧野富太郎のような目は、いまどの程度残っているのだろうか。

牧野の墓は東京は谷中の墓地にある。解剖学の対象として東大に身を捧げた人たちの千人塚も、その近くにある。私はそこに毎年、通っていたのである。

（二〇〇八年五月）

旅は楽しい

中国地方に頻繁に行くようになったのは、思えばここ十年くらいである。ちょうど十年前に島根県に中山間地域研究センターができた。中山間とはいわゆる過疎地域である。その開所式で記念講演をさせていただいたご縁で、以後毎年島根県に行く。むろんそれだけではない。広島にも毎年行く。広島にはスーパーサイエンスミュージアムがあって、子どもたちの理科教育をしている。そのお手伝いに行く。

私は福岡や鹿児島に行く時ですら、よく新幹線を使う。飛行機は嫌いですか、と訊かれるが、そういうことではない。初めての機種の飛行機に乗る時は嬉しい。今年はリスボンに行くのにポルトガル航空を使ったら、フォッカー100という機種だった。フォッカーという名前は懐かしい。でもいまはもう会社がなくなった。私は子どものころに軍用機の歴史でフォッカーを覚えたのである。ハワイ航空はボーイング707を使っている。なにしろいまは787まで来ているんだから、これも嬉しかったなあ。実物にいまでも乗れるとは思っていなかった。若い人にはわからないと思うけど、私の世代はB29に散々な目に遭わされている。そのボーイングにいまでは年中乗っている。

まあ飛行機はともかく、列車の旅はなんといっても風景である。「世界の車窓から」というテレビの長寿番組がある。リスボンではたまたまその取材班と同じホテルだった。こちらはまったく無関係の取材だったから、声はかけなかったけれど、この番組が長寿で人気があることからもわかると思う。列車から見る景色は、だれでも好きなはずである。私は大好き。

松江に行くには、岡山から伯備線で特急「やくも」に乗る。地元の人は「揺れるでしょ」とまずかならずいう。そんなこと、平気。大学生時代から現役を引退するまでの四十年間、生まれ育った鎌倉から東京まで、連日横須賀線で通った。毎日往復二時間は車内だから、景色を見るのも、車内で本を読むのも、いわばベテランである。

伯備線から景色を見る。山ばっかりじゃないか。そうなんだけど、それがいい。木が生えていると、なんの木だろうと思う。どのくらい年数がたっていて、つまり年齢がどのくらいで、どんな虫がいるかしら。あと数十年たったら、どうなるんだろう。そんなことを考える。鳥取に近づいたら、伯耆（ほうき）大山（だいせん）が見える。ここは昆虫の宝庫。春なら桜がいくらでも見えるし、新緑が美しい。日本人は紅葉が好きらしいが、私は断固新緑派である。紅葉が美しいところは、新緑も当然美しい。新緑はこれから虫が出てきますよ、というサインだから、見ただけで嬉しくなる。まあ、一般性がないことはわかってますけどね。

人の作ったものだって、車窓を通すと、捨てたものではない。昨年は松江から益田まで列車で行った。景色ばっかり見ていたら、じつにきれいな風景があった。ふつうの家だと思うのだけれど、花壇がよく手入れされて、百花繚乱、チロルを思い出した。列車から自分の家が見えることを想定しているのだろうか。このせちがらい世の中に、優雅な人がいるものだと思った。

昨年と一昨年と、隠岐(おき)にも通った。今年もまた行こうかと思う。ここは列車では行けない。島だもの、当たり前か。四国と違って、将来にわたって橋もかからないであろう。昔風にいうなら、隠岐は出雲(いずも)でも石見(いわみ)でもなく、独立した国である。島も複数あって、まだ全部は回り切れない。天然の杉がそのまま神社になっている。ある意味では日本のふるさとで、それが交通不便で昔のまま残っているのがありがたい。

島根県は過疎だから、人が少ない。おかげで人以外のものに遭う確率が高い。一昨年はキツネの子どもたちに出会った。廃屋の庭で遊んでいた。タヌキは無神経で、鎌倉の自宅の庭で昼寝をしているが、キツネは神経質らしく、本土では見たことがない。キタキツネなら何度も見ているが。島根の山中を車で移動していたら、テンに遭ったこともある。黄色い毛皮が山中ではむやみに目立つ。それが印象的な、美しい生きものである。

こうして思うと、島根に限らず、旅ばかりしている。家にいる時間のほうが少ないでしょ。知人にそういわれる。だってそれは日本人の男の伝統なのである。西行だって芭蕉だって、そうじゃないですか。都会の孤独死が問題にされるが、伝統的には男の最後には、戦場も孤独死も含まれている。深沢七郎が「楢山節考」を書いたのは、年老いてからではないと思う。若くたって、ああいう最期を想うことはできる。そういえば、鴨長明はどう死んだのだろうか。やっぱり孤独死か。私も喜寿を超えた。人生の最後にもう一つ、旅が残っている。それも楽しみといえば、楽しみか。そんな思いがないでもない。

（二〇一四年五月）

木を見て、森を見る

鎌倉に生まれ育ち、今でも鎌倉に住んでいる僕にとって、鎌倉は庭みたいなもの。庭だと思っているから余所(よそ)から人が大勢来ているような場所には行こうとも思わない。もともと天の邪鬼的なところもあるけれど、そんな訳でお正月の鶴岡八幡宮なんて子供の頃から行ったこともなかった。むしろ冬は、人気の少ない浜辺へ出ることが多かった。風が強く寒いけれど、お日様が出ていれば、砂がぽかぽかと温かいんだ。今でも冬の浜辺にはよく散歩に行く。娘がまだ小さかった頃、浜辺で凧(たこ)揚げをしていたら、ふとした弾みに糸巻が手から離れてしまい、波にさらわれてしまった。海面に浮かんだ糸巻を引っ張って、凧はうまく揚がったまま、はるか沖合まで行ってやがて見えなくなった。娘はちっとも感激していなかったけれど、親は一人で感激してた。あの凧はどこへ行ったんだろう。

終戦直後の混乱期に育った僕には、幼い頃の正月らしい記憶はない。しかも、おふくろが小児科の医者だったから、三が日の休みも忙しくて、正月の行事らしい行事は一切なかった。でも、寂しいとかつまらないなんてこれっぽっちも思わなかった。学校が休みだということが、子供心にも大きかった。

寒くて、もちろんお金もなかったけれど、時間だけはたっぷりとあって、つまり退屈だった。その退屈な時間をどうやって過ごすかが、子供にとっての大問題だったが、僕には虫捕りがあった。鎌倉には古い寺社がたくさんあり、そんな建物の軒下をよく見ると、クモの巣やハチの巣、チョウのさなぎがあったりする。そんなものを探しているだけで充分に楽しかった。今でも暇になると、僕は目がそういった方向に向く。普通の大人は、暇になるとパチンコとか飲みにいったりとかするけれど、結局は他人の顔を見に行くようなもの。暇で退屈した時に、人のいないところへ行って自然を見る、という習慣はそれほど多くの人が持っているわけではない。虫を見に行く人なんてもっと少ないだろうけれど。

自然を見る、あるいは風景を見る、というのはどういうことなんだろう。たとえば富士山。人は「富士山はきれい」と言う。でもそれは、ふだん見ている富士山なのだろうか。北鎌倉から大船に向かう横須賀線の列車の中からも、富士山は見える。冬場には、山の頂の白いところだけがちょこんと見えて可愛らしい。しかし、ここ二十年で積雪量はだんだん減っているから、万年雪はなくなっているし、冬はともかく、夏はむしろどす黒いだけで、必ずしもきれいとは思えない。今この瞬間の富士山なら、環境省の生物多様性センターの定点カメラの画像をインターネットで見ることができるから、「ほんもの」はすぐに見ることができる。でも、それもきれいとは言い難い。では、人はどの富士山を見ているのだろうか。おそらく、きれいな富士山というのはそれだけで存在している。銭湯の富士山の絵と同じで、風景が勝手にできあがっているから、実際に見える富士山とは切り離されている。それを人は「イメージ」と呼ぶのだが、本来「見る」とは、「イメージ」をたんになぞることではなく、遠景から近景まで連続した景色を視野に捉えていくことではないだろうか。

解剖学という仕事のせいだろうか、解剖して顕微鏡で見て倍率を上げていくように、僕は何事も遠景から近景に、あるいは近景から遠景にズームを切り換えて見る習慣がある。たとえば冬の松林。僕はまずどんな虫がいるか、それこそ顕微鏡で見るかのように捜す。そしてその次には木肌や枝ぶりに目を移し、苔なども見て、その木が樹齢何年で、人の手が入っていればいつ頃植えられたものか、ひいてはその山の風景がいつ頃できたか、順に見ていくのだ。こうして連続的に、あたかも顕微鏡で倍率を変えていくように風景や自然を見ると、風景や自然はけっして「イメージ」通りではないことがよくわかる。

僕の頭の中には、そんな風景がいくつもある。そんな、さしずめ僕の「脳内風景」とでも言えるような景色を繙きながら、日本の森羅万象に、ズームレンズをあてていこうと思う。

（二〇〇六年一月）

最適な生き方

絵という表現は、見せたいところだけを見せることができる。要らないと思ったら、そこに実際にあるものでも、そぎ落とすことができるからだ。背景の真っ黒な肖像画がいい例だろう。要らないところをノイズと呼ぶ。それとは逆に、写真というのはノイズをはからずも拾ってしまう。

ところが、雪景色のように白一色になると、ノイズはとばされてしまい、写真は一枚の絵のようになる。解剖学でも、要らないものをとばせるという理由で、かならず絵におこしている。人体を解剖して写真を撮ったら、一枚の画面に要素が多すぎて何が何だかわからなくなるから、筋肉なら筋肉だけ、血管なら血管だけを描き、他の部分は概略を記しておくのが通例だ。

僕の目はその点、写真なのだと思う。風景を見ると、目は森の奥に入っていき、地面の中を気にする。これは写真がノイズを拾うことと同じだ。そんな目で冬の山を眺めると、じつにさまざまな動物がいることがわかる。神奈川・丹沢の大山（おおやま）に登って積雪の中でオサムシを採っていた時、一緒にいた友人が突然あったかい！　といって足元を指した。もみの朽木の中で、ヤマネが、ほんとに丸く、丸まって冬眠していた。堆肥と一緒で朽木の中は発酵しているので、その熱で冬でも暖かいのだ。彼は持って帰ってきてしばらく飼っていたらしい。ヤマネは、リスとネズミの中間くらいの大きさで、イタチやテン、オコジョと同様、みな雪深い山中で冬眠して過ごす。

変わり者が、トガリネズミだ。ネズミという名前だがモグラの仲間で、食虫類。日本で最小は親でも体重二グラム。ほとんど虫のような生き物だ。春生まれた子供が秋に死んで毎年代替わりする。三十年くらい前、助教授の頃、北海道に行って一時、このネズミのことを調べていた。選んだ理由は、身体が小さくて、全体を見やすいから。ヨーロッパからシベリアの向こうまで広い範囲にいて、日本にも四種類いる。くずかごで罠を作るといとも簡単に落っこちて、あの程度の深さで上がれない。そこがぴょーんと飛んで逃げ出せるネズミとは違う。こいつは他の動物が冬眠していても、落葉の下にトンネルを掘って、雪中で活動している。時折、間違って雪の上に出てしまって帰れなくなっているのを見かけた。顔がとがっていて、ドイツ語でスピッツマウス、英語ではshrewという。じゃじゃうまが同音異義語なのだが、なぜ語源が一緒なのかはわからない。鳴き声が甲高いし、キキーッというからだろうか。本当かどうかはわからない。

冬眠したり、冬中走り回っていたりと、同じ生態系に暮らしていても、生き方の違う動物は多い。彼らは最適と思える生き方を、可能な限り全部やっているのだ。それは人間の頭で考える範囲を超えている。超えているから、仰天する。超えてその外に出るのが、僕は楽しいし、世界が広がる。ふつうの人は、たいがい閉じている。なぜか？

世界を広げるのが怖いから、知らないほうが安全だと思っている。

動物ひとつでも完全に知ろうと思ったら一生かかる。場合によっては、一生かかっても間に合わない。今の人は、考えずにインターネットで調べたらすぐわかると思っているから傲慢だ。大体、動物をクルマとかロケットとかと一緒と考えている。故障しても直ると思っている。どこも故障してないのに動かないクルマはないが、動物はどこが故障したかわからなくても動けなくなる。自然はわからないことばかりだが、最近は人間もよくわからない。クマに襲われたのならわかるが、ハチに刺されたといってニュースになる。ちなみに僕は逆にハチに針を刺して標本にする方だ。これまでニュースにもならなかったことが話題になるのはどうしてなのだろう。僕にはそれがわからない。

（二〇〇六年二月）

当たり前のこと

鎌倉の場合、一月や二月にはそれほど雪は降らないのに、三月に雪を見ることが多い。子供の頃は五十センチほど積もったこともあった。風もまだまだ冷たい。でも日溜まりは暖かい。風は冷たいけれど日溜まりが暖かい。それが三月だ。

三月になると、山の色も変わってくる。新芽が芽吹いてくるからだ。桜の木も、花が開いて、ようやく「ああここに桜の木があったのか」と改めて思い出すのが普通だけど、注意深く見ると、三月頃から枝のあちこちがうっすらと緑がかってくる。この緑色は木によって異なる。鎌倉の山も、三月の後半になると様々な色調の緑や黄緑のまだらになって、とても美しい。信州に住むある女性の詩人がこんなことを言っていた。

「生まれ変わって同じ人生を繰り返せ、と言われたらそれはそれで戸惑うけれど、毎朝起きた時に山を見られることだけは、繰り返してもよい」

鎌倉の山に囲まれて暮らす僕にも、その気持ちは大いに分る。

実は、僕は三月が一番好きだ。春を間近にして、体調も一番良くなる。そして何よりも虫が出てくる。柔らかな春の木洩れ陽越しに注意深く見ると、小さな虫が何匹も飛んでいるのがわかる。それを見ると、もういてもたってもいられなくなり、網を持って外へ飛び出していったものだ。ほんの小さな虫だから、目を凝らして見ないと飛んでいるのは分らない。だから、子供の僕が、夏の盛りならまだしも、三月に網を振り回しているのを、大半の大人は不思議そうな、奇異な者でも見るような顔つきで眺めていた。

子供、とりわけ男の子が虫や魚などの生き物を追いかけるのには、これといった理由はない。捕まえたいから捕まえる、ただそれだけだ。だから一旦捕まえた後は、放っておいて死なせてしまうことも多い。世の母親は、それを見て残酷だとか、可哀相だとか言う。けれど、考えてみてほしい。人間が言葉を持ち、「気持ち悪い」とか「残酷」という感情を表すようになったのは、たかだかここ五万年くらい前のことだ。人間も含めた哺乳類の親子関係というのは、その何十、何百倍も前から連綿と続いている。だから、親が子供の行為に対して「気持ち悪い」とか「残酷」という感情を持つのは、哺乳類の歴史からすれば、文字通り「屁みたい」なもの。極めて新しい感情なのだ。

哺乳類の歴史、という視点で考えると、都会のど真ん中で暮らすという、自然とまったく隔絶された生活を人類が送るようになったここ数十年は、屁どころかほんの瞬きのようなもの。いわゆる文明社会が始まり、それに伴って人間社会のひずみやゆがみが生じた時でも、人間は自然と向き合うことで、そのひずみやゆがみを解消してきた。なぜならば、自然は極めて中立な存在だから。損にも得にもならない、ゼロ地点みたいなもの。ゼロ地点だけど、絶えず動いている。そんな自然と向き合うことで、人間は正気を保ってきたのだと思う。極端な例かもしれないけれど、昭和天皇はウミウシの観察をライフワークとされた。その生涯は、察するに多くのストレスがあっただろうけれど、ウミウシと接することは、平常心を保つことに大きな助けとなっていたのではないだろうか。

春になって暖かくなると、虫が出てくる。自然とともに暮らしていた人間にとっては、それは当たり前のことだった。その当たり前のことが当たり前でなくなっている。正確に言うなら、人間の意識というものが勝手に当たり前でないものに変えてしまっている。我が家には虫が入ってこないもの、と勝手に決めているだけだ。だから、マンションの一室にゴキブリがお目見えしようと、そして三月に虫採り網を持って歩いている子供を見かけたとしても、驚かないでほしい。それはすべて当たり前のことだから。

（二〇〇六年三月）

高からず低からず

昨年の六月、岐阜県と滋賀県の境にある伊吹山(いぶきやま)に登る機会があった。梅雨の最中だというのに、幸い天気もよかった。伊吹山は標高一四〇〇メートル弱。高からず、低からずでちょうど手頃の高さ。しかも山頂近辺まで車で手軽に行くことができるし、なんといってもてっぺんが草っ原というのがいい。分類するのなら高山植物になるのだろうけれど、「原っぱ」という名がぴったりの草原が広がっている。これが気持ちいい。新幹線で関西へ向かう際にも、関ヶ原を過ぎたあたりで、進行方向右手に伊吹山は見えてくる。独立峰だから天気がよければ嫌でも目に入る。富士山のように端正な姿形ではないけれど、どことなく親しみを覚える山だ。京都にも近いし、昔から多くの短歌などに詠まれているのも、なるほどなと思う。

伊吹山に限らず、山は六月がいい。春でもあり夏でもあるからだ。ある程度の標高を持つ山だと、七月も半ばを過ぎると、秋の気配が漂う。濃い緑に覆われ、あらゆる命が今を盛りと輝いている六月の山は、そこに身を置くだけで幸せな気分になることができる。ただ残念なのは、梅雨の季節であること。山へ入るには最悪の条件の日が続く。昔のしとしとと続く長雨に代わって、最近は集中豪雨のように降る雨が多いからなおさらだ。

　虫のことに限っていうならば、六月は葉っぱを食べる虫がたくさん出てくる。毛虫などの類。女性が最も嫌うものだ。毛虫に限らず、女性は一般的に虫が嫌いときている。僕の家人も、嫌いとまではいかないけれど、まったく無頓着。関心がない。時々、一緒に山へ入ることもあり、結構彼女の方が先に虫を見つけたりもするが、ともかく関心がない。日本の古典には『虫めづる姫』という作品があるけれど、古今東西、女性は虫が嫌い。そして古今東西、昆虫採集をはじめとしてコレクターは男性と相場が決まっている。攻撃性や暴力性に富んでいるのも男性。生物学的な表現をすればオスだ。それは男性ホルモンの作用によるところが大きいのだろうが、「男性ホルモンのゆえにオスは攻撃的」と生物学的に表現すれば問題はないのだけれど、「男性は闘いが好きな生き物」と、社会的な言い方をすると、様々な方面から眉を顰（ひそ）められる。僕としては「そうなんだから仕方ないじゃないか」と言いたいところだが。

　ただ、僕自身は闘いを好むタイプではない。そもそも、いわゆる「熱く」なることに抵抗感がある。それは、戦争そして敗戦という、ひとつの価値観の大転換を、幼い頃目の当たりにしたことが、大きく影響していると思う。「一億玉砕」とか「鬼畜米英」なんて大騒ぎの挙げ句、一夜でころっと変わるのを体験していると、大勢が熱く騒いでいるのに接すると、「危ねえぞ」という危機感が作用してしまう。だから、僕より若い全共闘世代が「東大解体」なんてやっているのを「危ねえぞ」と思うと同時に、「なんだこいつらも一億玉砕と同じじゃねえか」と冷やかに眺めていた。恐らく、僕に限らず、この思いは同じ世代が等しく抱いているのではないだろうか。少し前に『プロジェクトX』というテレビ番組が、一世を風靡した。僕たちのような戦中派世代は、言うなれば「プロジェクトX世代」。大勢で徒党を組むことなく、黙々と物を作り続ける。そんな世代だ。

六月にはドイツでワールドカップが開催される。恐らく、日本国中が熱く盛り上がることだろう。戦争だなんだと国民が騒いでいるのならまだしも、たかだかサッカーなのだから、それはそれで幸せな時代だなと思う。でも、サッカーに熱中している人々を横目に、僕は僕で虫に思いを馳せる。なぜならこの梅雨の中、奴らはそれぞれの方法で、けなげに雨をしのぎ、夏の訪れを待っているのだから。

（二〇〇六年六月）

一三五〇グラム前後

梅雨の長雨で水分をたっぷり含んだ七月の緑は、五月や六月の若々しい緑とは違う、勢いのようなものがある。そんな緑が真夏の太陽に照らされて輝く様子は、見る者を圧倒する。人間は、豊かに茂る緑を見上げ、いろいろなことを思う。「爽やか」「美しい」「清々しい」……。なぜ人間はそう思うのだろう。それは、脳があるからだ。僕の専門は解剖学。もちろん、脳も数多く解剖してきた。それこそ老若男女、数多くの脳を見てきた。医学的にいえば、脳とは神経細胞で構成された、平均一三五〇グラム前後の器官であり、乱暴にいえば、電気信号しか交換していないコンピュータと同じようなものだ。ただ、意識という世界を持っているという点で、脳はコンピュータと決定的に違う。

生い茂る樹木を、カメラで撮影し、コンピュータを駆使した最新のデジタル画像で処理すれば、極めて実物に近い色彩が再現される。人間が目と脳という器官を使って、緑という色彩を網膜上に焼き付けていく過程も、現代の医学ではほぼ解明されている。ところが大半の人間の脳には、緑の色彩と同時に前にも言ったように「爽やか」「美しい」「清々しい」といった、一般的に「感情」と呼ばれるものが生じる。プラスとマイナスという電気信号の伝達でしかない神経細胞が、意識を生む。どれだけ緑を撮影しても、カメラには「爽やか」という意識は生まれない。神経細胞という物質の集合なのに、なぜ脳は「意識」を生むのか。大半の人は、「存在するからするのだ」と、乱暴に自己解決しているが、科学的に考えはじめると、やはり「なぜ」というところに行き着く。それが、昨今耳にする「クオリア理論」に繋がっていく。

「意識」について考えることは、何も今に始まったことではなく、ギリシア哲学の頃からさまざまなアプローチがなされている。脳の構造と結びつけて考えるようになったのは、二十世紀になってから。医者のはしくれの僕でも、解剖でたくさんの脳を見ていると、どうしても「脳」と「意識」という問題にあたってしまう。人から「養老さんのおっしゃることは哲学的ですね」などと、時々言われるけれど、自分は哲学者でもなんでもなく、ただ科学的にものを考えようとしているだけだと思う。

科学的にものを考える。たとえば、数多くの死体と向き合い、それを解剖していると、どれひとつ同じ体はない、ということをまず経験的に知る。そこから先に踏み込み、そもそも「同じ」とは何か、を考えてみると、これが極めて曖昧というか不正確な概念であることに気がつく。たとえば目。目だけでも何十億という神経細胞があり、「同じ」ということは、その細胞がすべて同じであることを証明しなければならない。現実的にそれは不可能、つまり「同じ」

であることの証明はできないということ。そう考えると、生物学的に「同じ」と言い切ってしまうのは、実は極めて乱暴なことであって、「違い」があって当然とするほうが科学的というか、実に自然な落ち着き方のはず。それを「同じ」と考えてしまうことによって、さまざまな悲劇が始まっているような気がする。「同じ」と考えたほうが楽な場合が多いからだろうけれど、それは子供っぽい考え方。さまざまな経験を積んだ大人なら、人間はそれぞれ「違う」ということが自ずとわかるはず。

男と女の違い、つまり「性差」ということが時々話題になる。この場合の「差」は、「性」を「ジェンダー」と捉えるか「セックス」と捉えるかで大きく変わってくる。社会的な意味の「ジェンダー」とした場合には、世の中には「男」と「女」しか存在しない。お役所の出生届けに「男」と「女」しかないのがまさにそれ。生物学的な意味での「セックス」は千差万別。「男」と「女」の間には、「女らしい男」や「男らしい女」など数多くの「性」が存在する。だから、生物学的にいえば、男と女の間には、「深くて暗い河」は流れていない。

気が楽になったような、ならないような……。

（二〇〇六年七月）

田園の憂鬱

実は、十月はあまり好きじゃない。虫がいなくなるからだ。山へ行っても、あまり面白くない。寒くなるにつれ、体の調子も悪くなる。こんな時は、仕事をするに限る。『バカの壁』（新潮新書）以来、講演の依頼が増えた。文化的な催しの多い十月が一番依頼も多く、その結果日本中をあちらこちら旅する機会が以前よりも増えた。

新幹線や列車、あるいは講演会場に向かう車の中から見る風景は、一言で言ってきたない。日本は田舎がきたなくなってきた。都会にはもともと美しさなど存在しなかったが、日本の田舎は美しかった。広がる田園と、近隣の里山。住み手が、丹精込めて手入れした自然の美しさが、そこにはあった。今どき、「お手入れ」なんて言うと、お肌のお手入れとか、せいぜい自宅の庭のお手入れぐらいしか、言葉が浮かばない。少し前の日本人はそうではなかった。お百姓さんは田んぼに草が生えないように手入れをし、雑木や草を絶えず伐採して手入れを繰り返し、そして出来上がったのが里山だった。もちろん、現代のお百姓さんも丹精込めて田んぼを手入れしているのだろうけれど、日本人全体の価値観が変わってしまい、自然を手入れする、という概念がそもそも無くなってしまったような気がする。ぶち壊すか、立入禁止にして後生大事に保護する。やる事が両極端なのだ。そして、田んぼの真ん中に、どかんとモダンな公共建築物を建てる。自然を手入れしながら、美しい景観を作り上げてきた日本人の美意識はどこへ行ってしまったのだろう。歳をとって最近あまり怒らなくなった僕だが、実はとても怒っている。

きたない田舎を見て、腹がたって仕方がない。

いつ頃から日本はこうなったのだろうか。一九七〇年代初頭、田中角栄が「日本列島改造論」を引っさげて首相になった頃から拍車がかかったのだと思う。日本列島を、つまり自然を改造するなんて、おこがましいにもほどがある。この「日本列島改造」から三十年。同じような言葉を掲げて首相になった人がいる。「構造改革」の小泉純一郎元首相である。実はこの二人、違ったタイプのように見えて、出発点は同じだ。片や新潟ローカル、片や神奈川ローカル。国税の地方への還付で比較すると、百円に対して、新潟は百八十円還付、神奈川は四十円還付という時期があった。同じ百円の税金を払って、新潟県民にはそれを上回るおつりがくるし、神奈川県民は六十円損をする。新潟へのおつりをもっと多くするために、角栄さんは利益誘導の大きな政府を作り、逆に小泉さんは国に取られる分を少なくせんがために、民営化をはじめとする構造改革を打ち上げ、小さな政府をめざした。

角栄さんの「日本列島改造論」の誤りは、出身地の新潟を、「遅れた地域」と捉えてしまったところにある。北陸地方は実は日本でも最も豊かな地域なのに、角栄さんはそう思わなかった。米どころということは、いざとなったら食料の自給が地域内だけで可能であるということを意味する。これは大きい。太平洋戦争時代、食料の絶対生産量も減ったけれど、それと同時に物流も止まった。だから都会では食べ物がなくなり、食料のある田舎に皆が買い出しにでかけたのだ。食料が自給できること、つまり第一次産業が盛んであること、それが豊かさのひとつのバロメーターなのだ。

田舎はますますきたなくなってきているが、それでもまだ、島根や高知、あるいは和歌山の田舎に行くと、美しい景色が残っている。鎌倉は駄目だ。正田家（上皇后陛下の実家）の別荘地が十一軒の住宅地に切り売りされた、という話を聞くと、やりきれない気分になる。そんな住宅地に引っ越してきた人が、しばらくすると、えてして「鎌倉の自然を守れ」なんて言ったりするから、おかしくなってくる。僕自身は、次なる棲家は、島根の山奥がいいな、と思っている。女房に言ったら、一言のもとに却下された。

「そんなに住みたいなら、一人で住んだら」

虫捕り三昧という、僕のささやかな夢は、当分かなえられそうもない。

（二〇〇六年十月）

虫の愉しみ

見ただけで幸福になれるというものが、自然の中にある。
小さいときにそれが身につけられたら、しめたものである。

——「好きなもの」

ボクの虫捕り

ボクが子どもだったころ、虫はたくさんいた。子どもが虫を捕るのはフツーで、それを残酷だなんていう人はいなかった。セミを捕り、トンボを捕るのは当たり前だった。それが少し高級になると、昆虫採集になった。

小学校四年生の夏休みに、昆虫の標本を作って、学校に提出した。虫捕りが夏休みの勉強だった。それが奨励されていたのだから、いい時代だったとしみじみ思う。子どもは子どもらしくしていられたのである。針には留め針を使ったと思う。本当はそれがダメで、いずれ針が錆びてしまう。それに留め針は太くて短いから、いろいろ具合が悪い。カブトムシなんか大きすぎて、針のほとんどがカブトムシの体内にとどまってしまうのである。でも専門の針なんて、買えなかった。お金がないのではなくて、売っていなかったのだと思う。

箱がなかったから、家のどこかに転がっていた、タンスの引き出しを使った。引き出しの底は堅くて、針が刺せない。だから箱に虫を並べる位置を決めて、ビンのフタに使うコルクの栓を切って、箱の底に張った。そのコルクに針を刺せばいい。箱の底全体に敷き詰めるほど、ビンの栓がなかった。

ところが、引き出しにはフタがない。フタがないから、虫はむき出しだった。むき出しでは保存できない。この引き出しはずいぶん大きな引き出しで、だからボクの標本が、虫の数からすれば、学校で第一位だった。学校まで運んでいくのも大変だった。しかも全部、ちゃんと甲虫だった。でもフタがないから、先生に誉めてもらえなかった。

どうして虫捕りを始めたんですか、とよく訊かれる。幼稚園のときはカニ捕りだった。川岸の石垣の間に、ベンケイガニが入っている。それを割り箸で追い出して、捕まえる。バケツの底が重なり合ったカニで埋まるくらい、いつも捕った。夏になれば、トンボ捕りやセミ捕りは毎年だった。あとは川に入って、魚を捕った。だから昆虫採集という形にしただけで、捕るほうは、はじめから捕っていたのである。いうなれば小さな狩猟採集民で、人類の歴史そのままであろう。個体発生は系統発生を繰り返すのである。

採集品に針を刺して、保存するようになったのが、人類でいうなら農業の始まりである。それではじめて虫が「溜まる」ようになった。それだけではない。溜まった虫を整理する必要がある。放っておけばカビが生えるし、虫が虫に食われる。溜まった標本の面倒を見てやらなくてはならない。中学ではその段階に入った。田んぼや畑を維持するという、農業でも「手入れ」の時代になったのである。

高校になったら、虫好きの友達を集めて、雑誌まで出すようになった。都市化がはじまり、ジャーナリズムが成立したのである。いまでは虫が溜まりすぎて、置くところを作らなければならなくなった。虫だらけで部屋が十分には使えない。都市化が進行して、公害問題があちこちに生じてきたのである。

虫を置くところを作るには、お金がかかる。そのお金も稼がなければならない。お金になりそうなことは、なんでもする。資本主義が始まったのである。それが大変で、虫を捕る暇が少なくなった。虫を捕る暇を割いて、虫について原稿を書いたりする。都会の人が自分はなんのために働くのか、それがわからなくなっているのと一緒である。虫を見ているほうが楽しいはずである。

ところがいまの人は、虫より字を見て、字よりもテレビの画面を見る。ボクも虫のペニスを顕微鏡で写真にとって、パソコンで見ていたりする。世の中がついにヴァーチャルまで進化したのである。それより現物の虫を見たほうが面白いのに。草葉の陰で、ファーブルはそういっているはずである。

（二〇〇五年十一月）

好きなもの

先生、顔が違いますね。何度、これをいわれたか、覚えていない。そんな嬉しそうな顔を、見たことがない。そういうことなのである。ふだんよほど渋い顔をしているのだと思う。短いお付き合いだと、そういう人だと思われて、それでおしまい。お付き合いが少し長くなると、私が嬉しそうな顔をしている場面に出会うことになる。

先日は島根県に行った。島根には中山間地域研究センターという施設がある。名前はむずかしいが、中山間地域とは、要するに過疎地のことである。島根県には過疎地が多いから、こういう立派な施設ができた。なんだか変だという気もするが、世の中とはそういうものである。私はこの施設の特別顧問ということになっている。

このところ毎年、そこにお世話になる。過疎だということは、自然が豊かだということである。自然が豊かということは、つまり虫が多いということである。虫が多いということは、私がニコニコするということなのである。中山間地域研究センターにも、当然ながら虫好きがいる。虫のいるところの研究センターなのだから、いて当然であろう。その人がスネケブカヒロコバネカミキリ、ミツカドエンマコガネ、オオヒョウタンゴミムシをくれた。むろんこう書いても、わからない人がほとんどであろう。わかる必要もない。だから私は、ふだんは渋い顔をしているのである。私がいちばん面白いと思うことを、フツーの人は理解しないからである。三泊四日の旅を終えて家に帰ったら、チェコ共和国の知人からゾウムシの標本が大量に届いていた。奄美大島の知人からは、生きたマンマルコガネが届いていた。今年はこれ一匹しか、出ませんでしたと、手紙にある。以上の全体で、私は大ニコニコである。

こういう人を、子どもっぽいというのであろう。好きなものを見せておけば、人格が変わる。でもその好きなものが、女性だったらどうか。これはなかなかむずかしい。家庭的、社会的に問題が起こる可能性がないでもない。その点、虫には問題がない。珍しいといわれる虫だって、生態がわかれば、結局は虫だから、たくさん捕まる。そうなれば、私のところにもおすそ分けがくる。それでニコニコしていられる。

こういうふうに好きなものがあるのは幸福だ。古稀に近くなると、しみじみ思う。じゃあいつから好きだったかというと、小学校時代からである。さかのぼればもっと前かもしれない。昆虫採集を始めたのが小学校の四年生だというだけである。それ以前はセミ捕り、トンボとり、魚とり、カニとりだった。でも標本にしなかっただけで、やっていることはほとんど同じだった。

日本は人口が密な割りに、森が豊かな国である。国土の七割近くがまだ森林で、イギリスならその十分の一である。だから高度の工業国家になっても、まだ虫捕りができる。ドイツは森が多いといっても、ほとんどが人工林で、しかも虫捕りは基本的に禁止である。ドイツ人は禁止が好きで、息子がドイツ旅行で覚えた言葉は、フェルボーテンつまり「禁止されている」という単語だけだった。だから日本に生まれた幸せも、しみじみ感じるのである。

見ただけで幸福になれるというものが、自然の中にある。小さいときにそれが身につけられたら、しめたものである。世間には身の程のお付き合いをして、あとは好きなものを見て暮らす。世間でいうおおかたの不幸なんて、どこかに飛んでしまう。突然のようだが、昭和天皇も南方熊楠も、そういう人だったに違いないと思う。先帝陛下はウミウシがお好きだった。このところ毎年、ロンドンの自然史博物館に行く。昨年行ったときに、キュレーターの奥さんがロシア人で、博物館の文献の整理をしていたが、昭和天皇がその道での著作を出しておられるのを知って、たいへん驚いていた。イギリスの王室にも、そういう人がいるといいのに。夫のキュレーター氏はそういっていた。国際性なんて、教育するものではない。人間の本質に近づいたら、ひとりでに国際性を帯びる。熊楠も明治の国際人だった。しかも自分の極端な性癖を救ってくれたのは、粘菌の研究だったと述べている。じつは昭和天皇と熊楠は、たがいによく理解しあう関係だった。熊楠の名を詠み込まれた御製が、白浜の熊楠記念館の入り口にある。宮内庁のお役人なら、そういうことは嫌うであろう。でもそれを押して陛下が詠まれた歌なのである。

（二〇〇六年十二月）

老齢の楽しみ

目はかすむし、調子はいっこうによくならないし、あちこち痛むし、からだの調子に文句をいえば際限がない。体調がどうも本調子ではない。そんな気がするのだが、それがあまりに長く続くから、やっと低め安定なのだと気づく。この低いままの状態がつまり正常なのである。それが老齢というものであろう。

それでは生きている楽しみがないかというと、そうでもない。このところ三日ほど、虫ばかり見ていた。パソコンを使って、顕微鏡写真を絵（線画）に変える。この種のことは、最近はメチャメチャに便利になった。写真はなんでも写ってしまうから、ゴミだって写る。絵に変えれば、それを除くことができる。しかも必要ないものを省いても、とくに差し支えはない。余計な情報を落とすことができる。それが絵の利点である。マンガなんか、もっとはっきりしていて、必要なもの以外、ほとんどなにも描いてない。

写真をわざわざ絵に変えるような、ひたすら手間暇のかかる仕事は、若いうちはやりにくい。他にもやらなければならない仕事が多いからである。年寄りになると、どうせいずれお墓だと思えば、ゆっくり仕事をしていられる。途中で死んだらどうするって、どうしようもない。それに死んだ私は、なにも困らない。困るのは、生きているからである。しかもやらなければならない公職がないから、ようはどうでもいい。どうでもいいなら、好きなことをする。老齢なら、遠慮なくそれが可能である。

途中の一日は中学から高校までの同級生が来て、標本に防虫剤を入れる作業をしてくれた。この男も以前から虫好きで、だからそういう作業を買って出てくれる。好きでなけりゃ、お金を払っても、喜んでやってくれはしないであろう。ありがとうと、昼飯をおごって終わり。どうせまた来てくれる。

虫のどこが面白いか。はじめはもちろん、なにがなんだか、さっぱりわからない。まさに五里霧中、あれこれ調べていくうちに、やっと東西がわかってくる。昔の人も一応調べているから、古い文献をネットで調べて読む。ハアなるほど、この虫が昔の人がいうこれだな。そんなことがボチボチわかってくる。わかったからどうだといって、べつにどうということもない。

百年前の人が調べて以降、だれも調べていない。それだけのことだが、それが「わかる」のがただうれしい。眼鏡をかけたら、ボンヤリしていた目の前の風景がはっきりしてきた。それに似ている。

そういうことを続けているうちに、しっかりとその道の常識ができてくる。専門家に近くなる。ところがなんと、ときにその常識がガラガラと崩れるような相手に出会う。エッ、こんな虫がいたのか。

崩れたら困るかというと、とんでもない。それがまた、なんとも面白い。世界が違って見える眼鏡をかけたようなものである。その道で専門家だと自負していると、そういうことが起こっては困るかもしれない。自分が過去に主張してきたことを、訂正しなくてはならないからである。そこは素人のありがたさ、自説を変更したっていっこうに構わない。だって事実が示しているんだから、仕方がないでしょ。最初から開き直っている。しかも年寄りだから、いまさら間違えて恥ずかしくない。

やることがあれば、老齢もいいものですよ。

（二〇一三年二月）

虫の面白さ

昆虫が面白くて仕方がない。

若いときには、面白いと思うものがいろいろある。歳をとったら、だんだんそれがなくなって、人生のおおよそがどうでもよくなって、四苦八苦を超越して、涅槃とまでは行かなくても、悟りの境地になる。そんな話を聞いたような気がする。

私の場合、そんなことはない。もういい加減に殺生はやめたらどうか。自分の中でそんな声も聞こえる時があるが、昆虫の採集が止められない。採集した虫を整理し始めると、これまた際限がない。生物多様性などというが、虫の分類をやったら、多様性がいかにとんでもないものか、それがわかる。

新種というと特別なものみたいだが、私がいま調べている、アジアのクチブトゾウムシなら、八割は新種であろう。目の前にある虫が名前がついている既知種だったら、逆に嬉しいくらいである。わかった、文献で見たあの虫だ、というわけである。十九世紀が突然目の前によみがえることになる。あの時代に、だれがどうやって、こんな小さな虫を採り、欧州にわざわざ持ち帰ったのか。

それだけではない。虫の形を見ていると、ヒトの解剖と似たような、でもずいぶん違った面白さがある。形を考える学問、形態学とはゲーテの命名である。虫の形の面白さはなんとも伝えようがない。だからいま、慶応大学の小檜山賢二さんと組んで、本にしようかと考えている。小檜山さんは小さい虫の写真を焦点合成して、すべてにピントの合った写真を創るプロである。あまりにもキレイに写るので、新種の記載論文を書くときには、小檜山さんに写真にしてもらう。このように、形を見る技術はものすごく進歩した。でもそれを使いこなしていないのではないか。

自然の中にあるものを、ただ観察する。これは学問ではない。若いときには、よくそういわれた。理論と実験の組み合わせが科学なのだ、と。だから私は科学者になろうと思わなかった。面白いことがしたいので、立派なことがしたいのではない。おかげで科学者としてはまったくダメだった。その代わりというか、人生が面白くて仕方がない。自分自身が完全に無知だとわかっているから、虫をあるていど理解しようと思ったら、やることは無限にある。その動機は、解答が学界に知られているかどうかではない。自分がわかっているかどうか、なのである。

四国の東西で、ヒゲボソゾウムシの種類が違う。あの亜鈴状の形の島は、いつの頃か、二つの島状態になっていたに違いないのである。それと吉野川が二つのクランクを持つという、地図の上のヘンな形には、関係があるに違いない。そもそもあの長い川が、なぜ四国の中央山地を横切るのか。水は低きに流れるのではないか。さらにこの四国の東西の境界は、瀬戸内海から中国地方にかけては、どうなっているのだろうか。そういうことを考えていると、頭の中が今度は数千万年前になっていく。

ゾウムシの足を見ていると、胴体とすり合わさる部分に、いくつものきれいな皺が見える。近縁種ではその数や形が違う。このすり合わせで音を出すに違いない。ではその音をどこで感知するのか。耳という器官はないから、共鳴に違いない。ではその音が聞こえるように、同じ固有振動数を持つのは、体のどの部分か。

昆虫もヒトと同じで、コミュニケーションはかなり音、つまり振動に頼っているはずである。その解析はなかなかむずかしい。でも形を見ていると、その予測がつくような気がする。あちこちに毛を生やしているのは、ひょっとすると、固有振動を検知するのではないか。

こんなふうに、頭の中がどこにでも飛ぶ。物理も化学も生物もない。専門家は大変だろうなあと思う。一つの主題を追うことが、いわば当然になっているからである。それで退屈しないのかなあ。余計なお世話でそう思ったりする。

ともかく私は虫は止められないのである。

（二〇一二年四月）

虫の道具

昆虫が好きな人は、じつはたくさんいる。虫嫌いがふつうにいて、それが目立つから虫好きが目立たないのかもしれない。虫嫌いがどのくらい多いかは、殺虫剤が売られているからよくわかる。虫好きが買うものと、経済的にどちらが大きいかというなら、むろん殺虫剤であろう。虫好きが買うものなんて、あるのか。もちろんあります。近頃はカブトムシやクワガタムシの飼育が流行しているので、カブトムシ用の餌があったりする。でも虫の入れ物であれ、なんであれ、虫を扱うために利用する道具は、百円ショップで間に合うものが多い。とうてい殺虫剤の会社に太刀打ちできるような経済効果はない。

私はかなりプロに近いから、顕微鏡は一流のものを使う。これは高い。数百万円の桁になる。まあ、自動車と似たようなものだと思えばいい。一つは退職金で買ったが、それはもう古くなって、買い換えた。私は用途別に、顕微鏡を三つ持っている。

でもふつうの人は、虫のためにそんな高価な器具は買わない。私もそういう高い器具ばかり使うかというと、そんなことはしない。たとえば虫を洗うためには、超音波洗浄器を使う。日本製のちゃんとしたのを買うと、数万円になる。そこで中国製のメガネ洗い機を買った。これなら数千円で済む。硬くなってしまった虫をやわらかくするには、熱い水蒸気がいい。そのためにやはり中国製の蒸し器を買った。それで蒸したり、洗うために水に漬けたりすると、虫が水分を含んでしまう。標本にするには、その水を乾かさないといけない。湿気を帯びていると、日本ではアッという間にカビが生えるからである。虫を乾かすためには、やはり中国製のタコ焼き器を買った。ホットプレートを最低の温度にすると八十度になる。その上に虫を置いて乾かす。

顕微鏡はためしに通信販売で中国製を買ってみたが、これはダメで、すぐに返した。機械は目的しだいなのである。ちゃんと目的が達せられれば、高いも安いもない。研究者には芸術家というか、職人というか、美的な感覚が鋭い人がいる。こういう人は、道具も超一流でないと許さないことがある。私は節操がないので、使えればなんでもいい。これには育ちも関係していると思う。私が子どもだった頃は、戦時中から戦後の混乱期で、モノがなかった。最初の昆虫の標本を作ったのは小学校四年のときだったが、まず昆虫専用の針がなかった。しょうがないから留め針を使ったが、これはいずれ錆びてしまうので、標本がもたない。箱もなかったし、とくに底に貼るコルクがなかった。母親が医者だったので、薬局から薬瓶のコルク栓を盗んできて、それをカミソリで平たく切って、箱の底に糊で貼り付けた。そのコルクに針を刺す。万事、そういうふうにやってきたから、今でもその癖が抜けない。だから中国製なのである。

小さい虫を標本にするには、紙に貼り付ける。小さすぎて、とうてい針なんか、刺せないからである。虫を貼った紙に針を刺す。その紙が問題である。なんでもいいといえばいいのだが、多少は厚くないといけない。だから学生の頃は名刺やハガキの紙を使った。今でもその頃の標本が残っていて、紙の裏に文字が印刷してあることがある。懐かしい。プロ用には、専用の台紙が売られている。紙はおそらくチェコ製で、一枚で漉いてある。といっても、ふつうの人はわからないであろう。厚紙は数枚を貼って重ねて厚くしたものと、はじめから厚紙として漉いたものがある。後者を使うのがいいのだが、そんな紙はほとんど売られていない。

道具に凝るのは面白いものだが、凝りすぎると目的を忘れる。そこの按配があんがいむずかしいのである。


（二〇一二年七月）

ラオスの虫採り

昆虫採集のために、あちこちに行く。外国ではラオスが多い。このところ十年くらい、毎年行っている。

なぜラオスなんですか。よくそう訊かれる。それはラオス政府の許可をもらっているからである。現代社会はなかなかやっかいで、外国で虫を勝手に捕まえてくるのは、あんがいむずかしい。とくにいわゆる発展途上国は、かつて植民地にされた経験がある。その時代にさまざまなものを、いわば「国外に持ち出されて」しまった。その記憶があって、歴史的な遺物だけではなく、自然物も持ち出しが制限されていることが多い。

さらに虫の場合には、その傾向に拍車をかけた事情がある。それは米国からDNAの特許をとるという意見が出たことである。仮にそういうルールができると、虫だってどんな有用な成分を含むか、わかっていない。そういう虫を勝手に持ち出されては困る。そういう思惑があって、自然物の持ち出し禁止という傾向がとくに強くなった。

虫屋のほうからすれば、お金のために生息地をどんどん破壊し、どうせ虫なんか踏んづけても気にしない、そういう人たちがなにを言うか、と思う。でもその意見はほとんど通らない。ダメなものはダメです。官僚は世界中どこでも、かならずそう言うのである。

ラオス政府の許可を得るには、それなりの手数とお金がかかる。どちらかだけでもダメである。その点、ラオスには長年虫採りのために住んでいる日本人の友人がいて、その人がいろいろやってくれる。だから一応の許可が得られて、虫採りがいわば「合法的に」きちんと可能なのである。

もう一つ、ラオスでは虫は食料である。食品市場では、かならず虫を売っている。それもじつにさまざまな虫たちで、もちろんハチの巣もあるし、アリの巣もある。ハチはミツバチの巣だからおわかりいただけると思うが、アリはどうか。じつはツムギアリという種類で、木の葉を合わせて、その間にあっという間に巣を作ってしまう。その巣にはもちろん卵から幼虫、親まで入っている。それを食べる。カメムシもあるし、私の好きなゾウムシもときどき売っている。

イモムシの仲間は人気があるらしい。でもその中でとくに美味とされるものは、都会の市場には出ない。産地で地産地消されてしまうからである。その様子も田舎で見たことがある。竹につくガの幼虫だった。竹の一節を入れ物にして、そこに幼虫つまりイモムシを適当な量だけつめる。蓋は竹の葉である。そういう竹の節が一単位で、それを売る。

それと昆虫採集とどう関係するか。ラオスでは虫を採ることは生業の一つなのである。ほとんどの文化では、そういう認識はない。白髪の爺さんが網を振り回して虫を採っていれば、あまり普通の出来事とは認識されないと思う。ところがラオスでは、たとえば田舎でなにをしているのかと、人が見に寄ってきたら、採った虫を見せればいい。たいていは「おお、そうか」と手伝ってくれる。

山の中で明かりをつけて、白い幕を張れば虫が集まってくる。もちろん何事かと、現地人も集まる。ラオスの場合なら、現地の人はしばらく観察していて、そのうちこの虫は要らないのか、と訊いてくる。私は甲虫を集めているから、たとえばガは要らない。だからいらないと言うと、ニコニコしてガを集めて持っていく。次にそれを木の枝の串に刺して焚き火で焼く。それを食べながら、これはうまいとか、なんの味がするとか、つまり品評会をするのである。

ヴェトナムはラオスの隣国だが、ヴェトナムの田舎で虫を採っていたら、村の長老らしい爺さんが寄ってきた。そこで採っている虫を見せたら、フンと笑った。この笑顔が万国共通の軽蔑の笑いだった。ラオスではそれがないのが、じつに気持ちがいい。

（二〇一二年十月）

虫の分類

月に何日か、まったくの休日をとる。そういう日には、虫のことだけやる。ほとんどは標本の観察とか、標本の作製である。道具も標本も、すべて箱根の家に置いてあるから、箱根の山にこもる。家族がいる日もあるが、いない日も多い。家族同然のネコも当然いない。ただし夕方になると、子連れのイノシシが庭に出たりする。

やってみるとわかるが、いくら虫が好きでも、三日目にはくたびれてしまう。同じ作業の繰り返しで、疲れが出るらしい。虫をいじるのは、他の仕事がない日だから休養のはずだが、私の場合には休みのおかげで疲れてしまう。

昨日まで調べていたのは、ラオスのゾウムシの一つの属。明日もまだ続く。属とは種の一つ上の分類区分だから、複数の種を含む。この属はアジアだけで知られており、すでに三十種あまりが命名されている。私の手元に数百個体の標本があって、これを分類していく。さらにハワイの博物館にあったこの属の標本を借り出してきた。これが二百六十個体ある。全部でおそらく千個体くらいある標本を、種類に分けながら、名前を確認していく。既知の三十種ではむろん足りない。新種がいくつも混ざっているはずである。

とうてい一日でできる作業ではない。すでに自分なりに大分けしてある。そのためには、似たような属から、とくにこの属に入る種類を区別できなければならない。分類学者でない人が、いちばんわからないのは、ここであろう。要するにネコとイヌは違う。でもライオンはどちらかといえば、ネコの仲間であろう。じゃあ、ネコの仲間とイヌの仲間は、どこでどう区別すればいいのか。

こういうことになると、クマはどうかとか、いったいネズミは関係があるのか、ないのかとか、そういうことまで問題になってくる。つまり哺乳類全体のことが、あらかじめほぼわかっていないと、分類はできない。それならゾウムシのことがわかる入門書があるかというと、まあない。あったところで、読めない。字は読めるが、書いてあることが理解できない。下手なマニュアルを読むようなもので、途中で放り出したくなる。

どうなっているのかというと、ある程度の常識ができてきて、その属なら属を決める基準がわかってくればいい。じゃあどういう特徴を見ればいいのかというと、私のゾウムシの場合、たとえば口の一部に生えている毛の数が問題だったりする。こんなもの、数え違えたらおしまい。それだけではない。一本毛が多かったりする異常個体もある。だから標本は一種一頭では分類しにくい。同じ種の標本をたくさん持っているほうがいい。一本多いのが異常だとわかるためには、かなりの数の同じ種類を見た経験が必要である。しかも虫の口は汚れやすい。吐き出した体液が乾いて、くっついていたりする。その汚れを取らないと、毛の数が数えられない。乾いてこびりついている汚れを無理に取ろうとすると、毛も引き抜いてしまう可能性がある。洗剤に漬けて洗ったほうがいい。

さらに慣れてくると、仮に毛が抜けていてもわかる。だって、毛が生えていた穴が残っているからである。それを確認するには、電子顕微鏡がいい。虫の毛穴がきちんと映るからである。毛の話だけでもう疲れた。読むほうも疲れるに違いない。

実際にやってみれば、こういうバカなことをする人が昔から少ない理由はわかる。むしろわからないのは、そもそもこういう作業をする人がいることであろう。それも数百年も前からいる。昔の学者を思い浮かべながら、ああ、あの人もこんなことをしていたのだなあと思う。それがどうしたって、どうもしない。それが人というものなのであろう。なんだか知らないけれど、ただひたすら、一部の人は虫を調べるのである。

（二〇一三年一月）

私の嗜み

嗜みとは、いい言葉ですなあ。私もなにかを嗜むといいたいけれども、それが見つからない。タバコは嗜むというといまでは叱られそうだし、酒は嗜むのではなく、私の場合は修行だった。学生の時はコップに半分、ビールを飲むとひっくり返ってしまった。それが飲めるようになって、梯子酒で夜が明けるようになったのは中年。そこまで行くにはずいぶん我慢して飲んだから、これは修行。いまでは飲まない。酒が好きな体質ではない。

世間から見ればムダな時間を費やすのは、昆虫の採集と標本作りと、その標本の観察。これは仕事に近くて、嗜むというと語弊があるか。しかし私の場合、嗜むにいちばん近いのはこれであろう。ほとんど世間には無関係だから、その意味では嗜むに近い。それを業にして、食べているわけではないしね。

虫を採る。これがまず面白い。どこが面白いかって、たいていの人は動物を採るのが好きだと思う。狩猟採集民というくらいで、もともとのはじまりはヒトはそうだったのである。その癖がいまに残っていないはずはない。だから魚釣りとか、狩猟とか。先日も知り合いの息子に、ホタルブクロの中にゾウムシがいるよと教えたら、喜んで一匹、捕まえてきてくれた。いたんですよ、と嬉しそうにしている。

標本を作る。これがまた面白い。一ミリになるかどうか、そういう虫の足と触角をきちんと伸ばして、厚紙にノリで貼り付ける。これが大変なんだから。老眼、白内障、緑内障が全部ある。まだ幸い手は震えない。実体顕微鏡の下で、ていねいに作業をする。暇じゃなければ、できませんなあ。だから現役中はあきらめていたが、老人になったから、いまではゆっくりこれができる。

日本人だけじゃありませんよ。チェコ人から標本を手に入れたことがあるが、連中もみごとなもの、あの分厚い手でよくやるよ、と思うけれど、極微の虫にちゃんと手足がついて見えている。口惜しかったら、やってみな。そういいたいところだけれど、だれも口惜しがらない。

この標本にしばしばカビが生える。これを再生する。これがまた、なんとも面白い。カビはじつは虫に生えるのではない。虫についているさまざまな雑物、それをカビは栄養にしているらしい。だから洗剤で表面をきれいにすると、全体にカビとしか見えなかった虫が中から現れてくる。きれいに洗って乾かすと、なんと新品同様の虫が現れてくる。これはやめられませんなあ。このやり方で、中学生の時に作った標本を洗ったら、やはり新品同様になった。もう六十年以上は経っているんですよ。

洗うと、当たり前だが、濡れてしまう。それを乾かすのには、時間がかかる。だから私は考えて、ホット・プレートを探した。そうしたら中国製のタコ焼き器が通信販売にあったから、それを購入した。その上に置いて、最低の温度にしておくと、早く乾く。ときどき火が強すぎて、虫の焼ける匂いがしてくる。そうしたら温度を下げる。

こうして作った標本を観察する。これがまたまた面白い。あっちの虫ではここがこうなっていたが、こっちの虫ではここが違っている。それに気が付くと、昔の人がどう見ていたか、それを調べることになる。そうすると、ちゃんと見ているんですなあ。ちゃんと観察して、分類している。分類とは単に見た目で分けるだけではない。ただの見た目だと、似てますなあ、で終わってしまう。そうではなくて、どこが共通なのか、それをきちんと定義する。そうすると、ふだんちょっと見た特徴は、分類に使えるようなものではないとわかる。今の子はニワトリの足を四本描くくらいだから、こういう観察はしないでしょうなあ。そもそも親にその習慣がない。

そういう調べものには、昔の文献を読むしかない。ところがこれがよくしたもので、いまではネットで簡単に探せる。以前はまず論文が載っている雑誌がどこの図書館にあるか、それをまず探して、コピーを頼んでいた。そんな手間はいらなくなった。私が学生の時には、そのコピーすらなかったのだから、論文は手書きで写した。菅原孝標女（すがわらのたかすえのむすめ）みたいなものですなあ。

好きというのは、どうしようもない。ときどき反省して、仕事に励もうとするが、間もなく戻ってしまう。仕事だけやってりゃあ、もっと偉くなったかもしれないのに。否、そんなことをもっぱらやっていたら、いまごろは死んでらあ。ネコを見ていると、そう思う。暇さえあれば、休んでいる。あれが生きものとしての正しい生き方であろう。人生を嗜む。猫はそれを実践しているのである。

（二〇一四年十月）

健康

人間はかならずしも合理的なものではないし、道徳的でもない。
まして健康ではないかもしれない。

——「健康の前提」

健康を心得る

もともと医学部を出たせいもあろうが、自分の健康法について、よく訊かれる。なにか特別なことをしているのではないか。そう期待されているのかもしれない。

もちろん、そういうことはやっていない。医者の不養生と、昔からいう。長生きということであれば、むしろお坊さんのほうが医者よりも長いのではないか。国公立病院の医師ともなれば、患者さんより平均寿命が短いはずである。かなりの激務だからである。

長生きをしたいなら、まず女性の生き方を学ぶべきでしょうね。だって百歳以上の老人の八割は女性なんだから。しかもオバさんたちの元気なこと。

さて、現在の健康法の問題点はなんだろうか。体の問題だというのに、頭を使うことである。つまりああすれば、こうなる、こうすれば、ああなる。現代人はそれが当然だと思っている。学校でもそう教えているに違いない。

魚を食べたら、頭がよくなる。運動をすれば、体にいい。タバコは体に悪い。そういう考え方。そのどこが悪いんだ。悪いとはいわない。でも体のことが、それでわかりますかネ。わかると思うならうかがいますが、あなたの命日はいつでしょうか。どういう病気でお亡くなりになるのでしょうか。

私は自分の健康法は体に訊くことにしている。食べたいと思えば、カロリーは無視して食べる。それでもあまり肥らない。当たり前で、食べ過ぎたら、お腹を壊すからである。年甲斐もなく、山に入って何日も虫採りをする。かなり運動になるので、どうしてもお腹がすく。それを満たすまで食べる。すると翌日から胃が痛い。食べすぎなのである。それで食べられなくなるから、無理をしたなあとわかる。それでいいので、虫が採りたい一心から、分不相応に動こうとしたのが、そもそもいけなかったのである。

そういうふうに、体は全体として、自分でつりあいをとる。脳ミソでそれを代行できる。そう信じ込んでいるのが、現代人の健康法である。代行業者にお金を払えば済む。そんなふうに思っているのではないかしら。

私は仕事で解剖をやっていた。だから少なくともヒトの体の複雑さだけは知っていると思う。その複雑なものを、体の一部である脳ミソだけで理解できるとは思っていない。だから体に任せるべきことは体に任せる。

食べ物を口から食べると、消化管を送られて、滓が最後に出てくる。その途中に脳ミソが絡んでいるだろうか。胃や腸が勝手に動いているだけである。

それを精神でなんとかしようとする。精神一到、なにごとか成らざらん。まあ修行を重ねたら、それも可能になるかもしれないが、ふだんのままでは無理であろう。練習をしていないで、徒競走やマラソンをするようなものだから。

ああすれば、こうなる。それを万事に通用する原理だと思うのが、現代人である。だからこそ「じゃあ、どうすればいいんですか」と必ず訊く。それは頭で考えて、頭で答えが出ると、無意識に信じているからである。それなら訊くけど、食べものはどういうふうにお腹のなかを通って、どういうふうに身になっていくんでしょうネ。頭で考えて、その説明ができますか。

だから私はあなたの命日を訊く。だってそれがわからないなら、いちばん大事なことがわからないということでしょうが。命日は体しか知らない。体だって知らないかもしれないが、生きているということは、そういうことじゃないんですか。健康のために心得るべきことは、それに尽きるような気がするんだけど。

（二〇一〇年四月）

虫採り健康法

虫採りで六月の初めは沖縄、半ばは高知から徳島に行った。六月末は長野から高山に行くつもり。

虫採りもいいが、もう寿命が残っていない。簡単に虫採りというが、まとまった仕事をしようと思えば、十年はあっという間に経つ。すでに六十五歳では、先が心もとない。いま考えていることの一部が完成すれば、それでよしとしなければならない。

あなたの健康法は、などと訊かれても、「虫採りです」としか答えられない。

暇な時間があると、すぐに山に行く。都会に行っても、虫は採れない。二、三日山に通うと、たちまち食欲が出る。よい空気を吸って体を動かすからであろう。おかげで太る可能性があるが、ともかく体の調子がいい。もっとも虫採りで具合が悪くなって倒れたとしても、本人はそれで本望である。

健康であることの意味は、「おかげでなにかできる」ことである。申し分なく健康だが、することがない。これでは健康の意味がない。若者を見ていると、いつもそう思う。時間は使わないかぎり節約できない。時間は溜めておけないことが、若者にはわかっているのかしら。

四国の山は、屏風を何枚も立てたようになっている。急斜面で、山全体がいわば薄い。最近はたいていの場所にトンネルができたから、谷から谷へ、楽に抜けられる。トンネルのない時代には、急斜面を登り、尾根を越えたはずである。たいへんだったに違いない。いまではしかも道路がよく舗装されていて、車で山頂近くまで上れるのがふつうである。今回は剣山に行った。

高いところから奥祖谷(おくいや)の谷を見下ろすと、片側斜面はほとんど自然林である。四国にはまだそういう森がところどころ残っている。自然林は新緑の頃がほんとうに美しい。淡彩だが、じつにさまざまな色あいが見られて、その色調は筆舌に尽くしがたい。それを見るなら、五月の連休か、連休過ぎがいい。六月に入ると、新緑というより、深緑になる。それでも自然林の緑は見飽きない。いつまでも見ていたい気がする。

こうして山を巡っていると、日本の自然はじつに豊かだと思う。さらに自分がその詳細に無知であることに気づかされる。虫ならかなりわかるが、それでも知らないものがたくさんいる。樹木や草花には、相当にうとい。ふつうに見られる樹木さえ、その名を知らないことがある。ケヤキくらいはさすがにだれでもわかるであろうが、それでも似た樹種がたくさんある山に入ると、自信を失う人も多いのではないか。

こういうときに便利な本を携帯していく。馬場多久男著『葉でわかる樹木』（信濃毎日新聞社）である。木の葉をよく見て、この本の写真や説明と比較する。そうすれば、なんとか名前がわかることが多い。虫採りに忙しくて、なかなか樹木まで調べられないが、こういう本が一冊あるだけでも、山へ行くときの楽しみが増える。暇な時間があったら、葉を採って調べてみたらいいのである。

忙しい出張のとき、少し時間がありますが、なにか見たいものがありますかと、現地の人に訊かれることがある。そういうときには、大きな木が見たいとお願いする。東北や北陸には、見るに値する巨木が多い。こうした木を見ていると、自分の人生なんて、どうということもないと思う。樹齢千年を越える木であれば、うっかりすると紫式部の時代から生きている。巨木を見ながら過去に思いを馳せ、未来を想う。

剣山の帰路に、祖谷のかずら橋を見た。板ではなく、杭をつないで、つり橋を作っている。だから杭の隙間が大きく、そこから下の景色が見える。これがなんとも恐ろしい。私は高所恐怖症だから、この橋は渡ろうという気になれない。下から生えているヒメシャラの木のてっぺんが、ちょうど私の足元になる。

梅雨時で小雨が降る。多少の雨は気にしない。いまは雨具がよくできていて、軽いし、通気性がある。以前に比べたら、山歩きは格段に楽になった。おかげでこの年齢になっても、剣山の山頂近くまで、短時間で行くことができる。

そう思えば、文明も捨てたものではない。当たり前だが、ただひたすら、文明のみになることが問題なのである。時間があるなら、自然を見ながらの山歩きをお勧めする。そういうことを楽しめるような状況を、おそらく健康というのである。

（二〇〇三年八月）

健康の前提

見たことはないが、健康増進法という法律があるという。健康とは、増えたり、進んだりするものらしい。

そういえば「今日も元気だ、たばこが旨い」という、コマーシャルだか、標語だかがあった。そんな気がする。健康が増進したおかげで、たばこがおいしくなったというわけであろう。体の調子がよくないと、たしかにたばこがまずい。

お前はなにがいいたいのだ。つまり健康を増進する前提を考えたいのである。厚生労働省の本音は、医療費の節約であろう。それはお役所の都合であって、かならずしも私の都合ではない。私自身は医療なぞ受けないうちに、なんとなく死んでいたという状態にしたい。そのために、健康増進が役に立つかというと、よくわからない。

国家が健康増進を推進した典型は、ナチス・ドイツである。念のためだが、私はべつにナチスが悪の象徴だとは思っていない。政府とか官庁というのは、要するにああいうもの、それがいけないというのなら、あれに「似たもの」だと思っている。「ああいうもの」とは、どういうものかというなら、特定の考えを他人に強制する、しかもそれを人々の総意だというのである。

私がたばこを吸っていると、医者がたばこを吸っていいんですか、といわれる。いいも悪いも、私は医者ではない。昔もらった医師免許は持っているが、返せといわれないから持っているだけである。使ったことはない。死んでる人を診るのに、べつに資格は要らないであろう。誤診をしたところで、だれも文句をいう人はいない。

でも健康に関係した職業でしょうが。そうかもしれないが、そうでないかもしれない。死んだ人は、死んだ以上は、最後は健康ではなかったのであろう。すべての人は例外なく死ぬので、たばこを吸おうが吸うまいが、関係はない。

健康だと、長生きするじゃありませんか。それはそうだが、自分の考え方しだいで長生きをするかどうか、それは知らない。私はじつはそうは思っていない。きんさん、ぎんさん（双子の百寿者）には、だれでもなれるわけではない。私の知り合いでいうなら、日野原重明先生は九十歳を超えてお元気だが、だれでもああなれるわけではない。寿命は昔から天寿というではないか。

いまの人は、都合のいいことは自分のせいにして、都合の悪いことは、他人のせいにする。それはいまの人に限らないかもしれない。でも、昔よりその傾向は強くなったのではないか。

以前はいまほどは医療訴訟はなかった。医者自身も、医者が命を助けるとは思っていなかっただろうし、患者も天寿を知っていたはずである。長生きする人は長生きをするし、夭折する人は、そういう運命の人だったのである。

自力で長生きができるとは、私は思っていない。これは生まれつき才能のあるなしと同じだろうと思う。私は絵を描く才能がまったくない。学生のころは、自分が描くと、なんでこんな絵になるんだろうと、自分でビックリしていた。友人たちと山に絵を描きに行ったことがある。そのときに、そう思った。以来、絵というものを描いたことがない。虫の絵は別である。あれは絵ではない。図である。

長生きをするのも、人力のうちだ。そう思うと、幸福よりも、不幸が増えそうな気がする。べつに長生きをする必要はない。健康でいたい。それも似たようなことであろう。不健康はしばしば運命であって、自分ではどうしようもない場合がある。そんなことは、医療を学べば、すぐにわかることである。遺伝子による病を考えたら、だれにでもわかるであろう。

健康増進という言葉を、だから私は信じない。自分で健康を損なう人がいるだろうというのは、俗耳に入りやすい意見である。それは自殺する人がいるのと、似たことだからである。でもそれは、いうなれば脳の不具合であって、脳も体のうちである。そういう人はすでに不健康なのであって、それが治るかというなら、私はあまり自信はない。ともあれそういう人なら、医者に診せるのが穏当であろう。

健康を含めて、根本の前提とはなにか。人間とはどういうものか、それであろう。人間はかならずしも合理的ではないし、道徳的でもない。まして健康ではないかもしれない。しかし時により、場合によって、そうもなり得るのである。しかしうっかりすると、かならずそうなれるはずだと考えてしまう。

それが行くところまで行ったのがナチスである。だから最後には、さまざまな障害者を組織的に抹殺しようとしたのである。

（二〇〇三年十二月）

癒し

本を読ませていただくと、楽になります。読者から、そういっていただくことがある。それなら、著者として、書いた甲斐があるというもの。

楽にならないで、怒る人もある。このあたりの呼吸がむずかしい。べつに商売をしているわけではないから、怒られたって、本当に思っていることを書くのは仕方がない。

でもよく考えてみると、この二通りの読者は、じつは同じように反応しているのではないか。それを私は疑っている。どこが同じか、それを説明しようと思う。

まず第一に、本を読んで楽になるということは、ふだんはどこか、無理をしているということに違いない。その無理を、ふつうはストレスと呼ぶ。

私の本には考え方、ものの見方しか書いてない。ということは、読者が楽になるのは、考え方だということであろう。そう考えたいんだけれど、ほかの人はそう思ってないに違いない。それなら、なんとか自分で努力して、ほかの人と同じように考えるようにしなければ。そう思って、多くの人がどこか無理をする。それがストレスになる。

あなたの本音でいいんですよ。それを本から読み取ると、読者は「楽になる」わけであろう。じゃあ、怒るのはどうしてか。無理を続けて、それが習い性になってしまった。そこまでくるには、さまざまなストレスを感じながら、頑張ったわけである。それを大本（おおもと）から、ムダだよ。そういわれたような気がするのに違いない。そんなことというんなら、あたしが頑張ってきたことには意味がないというのか。そう思って、怒るのではないか。

たとえば、勤めなんて、場合によってはやめてしまえばいい。そう私が書いたとする。ああ、イヤならやめてもいいんだ。そう思って、気が楽になる人もあるだろうし、冗談じゃない、どうやって食っていけというのだ、無責任な、と怒る人もあるだろうと思う。

現代社会がストレス社会だということは、よくいわれることである。どうしてそうなるのかというと、社会が複雑になって、自分のすることの直接の効果が見えないということがある。なぜこんな無理をしなければならないのだ。そう思っても、自分に全体が見えているわけではないから、とりあえず我慢する。上役にいわれたから、みんながそう思っているから。そう思って、自分を抑える。

これが田んぼでも作っていたら、話が違う。なにしろイネを育てるんだから、だれだって必要なこと、不要なことは飲み込める。結果は米の取れ高で決まる。これは意外にわかりやすい世界である。それならストレスは少ない。もちろん、気候が悪くて、うまくいかないこともあろう。でも、気候であれば、いい年もあるはずである。そう思って、自分を慰めることができる。天気ばかりは、だれのせいでもない。諦めがつけやすい。それならストレスは溜まらない。

こういう複雑な世界になったのは、私のせいではない。いつの間にか、そうなったのである。それが居心地がいいかというなら、私にはよくない。だからあるとき、勤めをやめてしまった。それで苦労したかというなら、私の場合には、楽になった。それだけで元が取れたという気がする。でも、そう思うためには、勤めのあいだに、それなりの努力があったわけである。その努力を、「無理」と言い換えてもいい。いまでは無理をしないで済むようになった。

だから怒られるのであろう。あん畜生、すっかり楽をしやがって。そう思う人もあるに違いない。そう思われないためには、楽じゃありませんよというしかない。いうだけでは信じないだろうから、苦しそうな顔をする必要もある。じつはその芸は私にはない。そういう芸があったら、そもそも勤めをやめてなんかいない。

ここで話は自分に戻ってくる。つまり万事は自分の気持ちしだいなのである。ストレスとは、気持ちと実際とが食い違うときに生じる。その「実際」が社会の問題であるなら、個人には手のつけようがない。世直しは大変に決まっている。だからふつうはそう思って大勢に従う。でもどこかでそれが壊れるときがくるかもしれない。そのときは仕方がない、「自分を通す」しかない。それができるかできないか、それで人生が違ってくる。

そんなことは、私にはできません。そう思う人を、私はまじめな人と定義する。それでも、一生に一度くらいは、自分を通す必要があるかもしれないんですよ。それを「自分の人生」というのではないか。そんなふうに、私は思っているのである。

（二〇〇四年一月）

痛み

昨年を振り返って、どんな年でしたか。それをよく訊かれる。なにしろ本が売れた。とりあえずそういうしかない。健康面といえば、おかげさまで、とくに病気もしなかった。一昨年の冬は久しぶりに何回かかぜを引いて、仕事を休んだこともある。昨年はそれもなかった。

ただ一つ、問題は歯である。親知らずが騒ぎ出して、秋には顔が腫れてしまった。しかも痛い。いまごろになって、動き出さなくてもいいのに。そう思うけれども、体には体の都合があるらしい。それを抜かなければいけないといわれて、それで気が重い。なにしろ私は医療嫌いなのである。

8020という運動がある。八十歳まで、自分の歯を二十本残そうという。歯が少ないと、ボケに関係するらしい。だから老後の生活の質を思えば、歯を大切にしなければいけない。それはよくわかる。

歯には三叉神経が行っている。十二対ある脳神経のなかでは、たいへんに太い神経である。

おそらくいちばん太いと思う。動物ではそれが歴然としている。私が調べていたトガリネズミでは、ほとんど脊髄並みの太さがあった。といっても、ふつうの人には理解しにくいであろう。末梢神経が太いということは、それを構成している神経線維の数が多いということである。ということは、その行く先が広いか、広くなければ、敏感だということである。なぜなら、狭いところに、たくさんの神経線維が来ることになるからである。三叉神経は知覚についていえば、顔の大部分がその支配領域で、顔は狭いから、そこになにか起こると、きわめて「痛い」ということになる。だから歯は痛いのである。

多分、それだけではない。狭いところに圧がかかると、痛みが激しい。指先の炎症が歯と似ている。指の先という狭いところに神経が密に分布していて、そこが腫れると痛い。歯も痛いときは腫れているはずだが、なにしろ周囲が堅いので、腫れようがない。だから圧が上がって、とくに痛いということになる。歯痛があると、私は眠れない性質である。若いころはおかげで徹夜、朝になると歯医者に駆け込んだ。

三叉神経の痛みをいちばんよく表現しているのが、三叉神経痛である。俗に顔面神経痛という。たしかに顔の痛みだから、顔面痛である。しかも痛むのは神経だから、顔面神経痛なのだろうが、解剖学的にいえば、痛んでいるのは三叉神経である。顔面神経は別な神経で、おもに顔面では運動を支配している。顔面神経の片側が麻痺すると、顔がひどく歪む。これを顔面神経痛とまちがって呼ぶ人もある。顔面神経の麻痺は、歯医者の麻酔を経験した人は、ある程度わかっているはずである。唇がきちんと閉まらずに、ものが口からこぼれたりする。

三叉神経痛は、突然にくる鋭い痛みである。とくに理由がはっきりしないのに、顔に痛みが起こる。あまりに痛いので、痛み自身を恐れる気持ちが起こる。痛み自身もさることながら、また痛むんじゃないかという、その気持ちが、日常の生活を妨害する。理由が明瞭ではないといっても、軽いきっかけがある。顔を洗おうと思って冷たい水に触れたとか、外に出ようとして風に当たったとか。

なぜ、こんなことになるのか。一つの考えは、老化だという。三叉神経の付け根は、頭のなかでは、頸動脈の近くにある。神経と動脈は骨で境されている。ところが老化によって、この骨が薄くなる。そうなると、頸動脈の拍動が、神経の根もとに伝わる。その結果として、神経の興奮性が高くなる。いつも物理的刺激を受けているので、ちょっとした刺激があっても、強い興奮が生じてしまうというわけである。それが「痛み」として感じられることになる。

痛みというのは、体の具合を知らせる、重要な感覚である。生まれつき痛みを感じない人がまれにいるが、長生きはしない。どうしても無理をしてしまうからである。現代社会では、この痛みを「悪」だと信じる傾向が強い。痛みはたしかに困るが、べつに悪ではない。どうしても撲滅すべきだというものではない。本当は「折り合わなければいけない」ものである。不安もそうである。不安がなければ困るのだが、それでも「不安で仕方がない」とこぼす。不安がなかったら、人類はとうの昔に捕食者に食われて滅びているはずである。現代人が学ばなければならないことのひとつは、「やむを得ない不快と折り合う」ことである。死もまた、そのひとつであろう。

（二〇〇四年二月）

自分を肯定する

ある雑誌の巻頭言に、人生は生老病死、いずれ死ぬという話を書いたら、気が滅入るから書き換えてくれないかといわれた。反省してみれば、なるほどと思う。巻頭言というのは、雑誌のはじめにある。そこで「死んであたりまえ」と書いたんでは、たしかに気勢があがらない。「この子もいずれ死ぬから」。子どもが生まれたお祝いに出かけて、そう言って帰ってくるようなものである。お祝いに行ったのか、おくやみにいったのか、これでは判然としない。

それでも、べつに間違ったことをいったわけではない。生まれた子どもはいずれ死ぬ。しかしそれをわざわざいうのを、へそ曲がりというのである。なぜそういうことを、わざわざいいたくなったか。それを反省してみると、「いまの人は死ぬつもりがない」ということに行き着く。私がひそかにそういう印象をもっていた。そこにたどり着くのである。

世の中は健康ブームで、おかげでこの欄で健康のことを考えさせられてきた。ときどき「私の健康法」という取材を申し込まれたりもする。特別なことはしてません。そういって、たいていはお断りする。腹の底では、健康法をやろうがやるまいが、いずれ死ぬワイと思っている。

それじゃあ、無理ばかりしているかといえば、そうでもない。寝不足なら、どこかで眠る。電車で寝る、待ち時間に寝る。腹が空けば、食べる。肩が凝れば、マッサージをしてもらう。慣れないストレッチを自分でする。たばこは吸うが、酒は飲まない。飲むと疲れるからである。疲れたと思うと、締め切りを過ぎてますといわれても、原稿は書かない。答案の採点はしない。要するにイヤなことはやらない。そんなことをしたら、体を壊す。本気でそう思っている。原稿や答案の採点なんて、死ぬ気でやるものではない。おかげでこの欄でも編集者に迷惑をかけたに違いないと思っている。編集者が体を悪くしたんじゃないか。そのほうが気になる。私の原稿がなくたって、なにかで埋めれば済むだろう。埋まらなければ、白紙にしておけばいい。それで死ぬ人もあるまい。そんなことを思っている。

その私と、まじめに働く人と、どちらが体を大切にしているか。そう考えると、あんがいむずかしい。仕事もまじめ、健康法もまじめ。仕事も不まじめ、健康法も不まじめ。この組み合わせは四種類になる。どれがいいと訊かれたって、そりゃわかりませんというしかない。

自分についていえることは、なんであれ、あまりまじめにやると、体の具合が悪くなるということである。だから結局は、大成功もせず、大失敗もせず、要はボチボチでここまで来た。若いときには、もっと積極的にやりなさい。そういわれることが多かった。先生にも友だちにも、そういわれた。それをやっていたら、もっと偉くなったかもしれない。でも、体を壊して、死んでいたかもしれない。そう自分では思う。ものごとには自分の限度というものがあって、それは世間の基準では決まらないのである。

真の健康法とは、自分の体を心得ることだ。つまりはそこに行き着く。なにごとも、自分の体以上でもないし、以下でもない。それしか仕方がないに決まっている。それが自分と折り合うということであろう。私以上に働く人もいるだろうが、私がその真似をしたら体を壊す。

マーガレット・サッチャー（元英国首相）の伝記を読むと、首相になってからは、睡眠時間が四時間だったと書いてある。訓練でそれができるのだという。私はそんな訓練をする気はない。だから政治家にはなるまいと思った。

寝食を忘れるという言葉がある。寝るのも、食べるのも、考えてみれば、私は忘れたことがない。「腹が減っては、戦はできない」。それを拳拳服膺（けんけんふくよう）しているだけである。食糧難の時代に育ったから、それはよくわかっている。仕事より、食べることが優先である。それで食べ過ぎになるのは、仕方がない。やせ過ぎよりマシであろう。あまりやせていると、体力に余裕がない。それだと仕事に差し支える。太ってからのほうが、きついと思う仕事が減った。それは当然で、体力に余裕ができたからである。

こうして現在の自分を肯定する。あたりまえでしょ、自分がいまそうである状態は、否定してもムダなんだから。それが私の健康法なのであろう。

（二〇〇四年三月）

医者に行くか、行かないか

医学部は出たものの、私は医者ではない。患者さんはたしかに診たが、仕事が解剖だったから、全員亡くなっていた。だから以下は医者ではない、素人の意見である。

もはや後期高齢者なので、知り合いにがんになりまして、といわれることが多い。当人は元気そうで、働いていたりするから、べつに問題はないのだと思う。

がんなら問題じゃないか。そう思う人もいるかもしれない。でも、それはがんだと知っているからである。私もあちこちがんかもしれないが、調べたことがないから、わからない。わからないから、私には問題がないのである。

現代人はわからないことを嫌う。異常な犯罪があると、警察は動機を追及中、というニュースが出る。でも異常な事件はそもそも「異常」なのだから、動機もわかるはずがない。それがわかったら、わかる人も「異常」じゃないのか。その動機がだれにでもわかるのだったら、翻って「異常な事件ではなかった」ことになる。

わからなくたっていい。そう思うと人生が楽になる。元気で働けている老人は、それだけでありがたいので、わざわざがんを見つけることもない。私が病院でめったに検査を受けないのは、あちこちに出ている占いを読まない、聞かないのと同じ理由である。いったん聞いてしまうと、なにかしらその影響を受ける。それを好まないだけのことである。

身体の具合が本当に悪くなれば、私だって、ちゃんと医者に行きますよ。手遅れになったら、どうする。そこをなんとかするのが、本当は医者の仕事じゃあないのかなあ。もっと早く来ればよかった。そんなことといわれたって、いまさらどうしようもないではないか。なにごとであれ、それをいう人は厭なヤツである。それに手遅れになったところで、私は医者のせいにする気はない。右のような考えだから、自業自得なのである。

（二〇一三年一月）

病気はだれのもの

現代では病気は「本人のもの」と思われている。そんな気がする。でもじつは病気になられて大変なのは、家族であろう。それがいちばんはっきりするのは死ぬ場合である。私が死んでも、私は一向に困らない。困るのは周囲の人である。

後期高齢者になっても、私は箱根の家でひとりで過ごすことが多い。家族は緊急時の通報用器具をかならず首に掛けておいてくださいね、という。本人はあまり死ぬ気がないから、それを年中忘れる。死ぬ気がないばかりではない。死んでもじつは私は困らない。困るのは家族である。だから死ぬことを考えない。なにかを考えているなら、まだ生きているではないか。

死を時間的にもっと手前に戻せば、病気もがんも自分だけのことではない。現代日本は個人主義をタテマエとするようになったから、病気を「自分の持ち物」だと思っている人が増えたのではないだろうか。自殺者が増えるのも、無関係ではないと思う。自分の人生なんだから、自分の思うようにして、なにが悪い。そう思ったとしても不思議はない。

個人中心の考えを社会の中心に据えるなら、それなりの対応策が必要である。現代の日本社会では、そこが上手に動いていない。そう思うことがある。そもそも個人中心でいいのだろうか。伝統的な日本の世間はそれを否定していた。特攻隊を考えたら、よくわかるであろう。戦争に懲りて、タテマエを逆転したのだと思うが、逆でもべつにうまく行っているとは思えない。

九十歳を過ぎた患者さんが、胃がんの手術を望んで来院した。年齢からすれば、手術は不要ではないか。そう思った医師がいきさつを尋ねると、「息子がせっかくあれこれ調べてくれて、ここの病院がいいと教えてくれました、行かなければ息子に悪いと思うから来院しました」という返事だったという。実際にはやっぱり病気は本人だけのものではないのである。その善悪を論じる紙面はない。結論は皆さんにお任せしようと思う。

（二〇一四年四月）

年寄りの不機嫌

タクシーを待つ行列に並ぶと年配の人ばかり。私の住む町は引退した人たちが多く住んでいるから、そういうことになる。若者は元気だから、多少の距離なら歩いてしまう。

行列を眺めながら、ふと思う。皆さん、機嫌が悪そうだなあ。うっかりすると、叱られそうな気がしないでもない。まあ、暑いから無理もないか、と思う。年配者はあれこれ体の具合も悪いだろうから、多少不機嫌なまま、低め安定というところか。

以前から年配者の機嫌が悪いのが気になっている。とくに男性が多い。講演をしていると、聴衆の中に話の最後まで一切笑わず、表情がきついままの老年男性をよく見かける。私がなにかまずいことでも口走ったか。そう心配になるくらいである。

年配者どうしの喧嘩が殺人にまで発展したこともあった。最近では新幹線の中でガソリンを撒いて自殺した例がある。職を失い、年金が不足だと訴えていたという。親戚が田舎に戻ったらと勧めていたらしいが、本人がウンといわなかったらしい。

平均寿命が延びて、別な問題が起きてきているという気がしないでもない。あらためて生きるとはどういうことか、という青臭い問題を考えなくてはならなくなった。延命すればいいというものではない。そういう意見は多く聞く。クオリティー・オブ・ライフともよくいう。人生、どのあたりが「適切」なのか。

不機嫌だということは、自分が快適だと思える水準より以下で、現に生活しているということであろう。問題はそれが社会の側の不適切さにあるのか、自分の生き方、考え方の不適切さにあるのか、ということである。その判断はほぼ不可能である。しかし世の中を一人で動かすわけにいかないということは、歳をとればわかっているはずである。それなら自分のほうから歩み寄るのが筋ではないだろうか。あまりニコニコしてばかりいる年寄りも気味が悪い。でもまあ、できれば機嫌よくするように、自分でいささかの注意を払って悪いことはあるまいと思う。

（二〇一五年十月）

老化

先日ある会合に行った。学校の先生方の集まりである。そこでなにか話をしてくれというので、時間になるまで独り控室で待っていた。そこに現れた若い人がいう。「まもなくお迎えが参ります」。

八十歳近いのだから、「まもなくお迎え」はわかっているよ。丁寧な言葉を使うのは結構だが、「お迎え」の「お」はいらないね。そういって笑った。高齢化社会だから、言葉遣いも気を付けないといけない。私は商売柄平気だけれど、気にする人がいないとは限らない。

選挙権も十八歳からになった。十八歳がすることに、八十歳が平等に参加することもあるまい。なにしろこちらは余生である。選挙権もボチボチ返上だな。幸い、自動車の運転免許は四十年以上前から持っていない。

町で暮らしていれば車の免許はいらない。でも私は箱根にも家があって、そこにいる時は、だれか来てくれないと食事にも不自由する。いちばん近いソバ屋まで歩いて二十分、しかも山中だから、行きは下りだが、帰りは上り。雨が降ったら、出る気がしない。田舎に住むなら、車の免許はどうしても必要である。老人はただでさえ行動が不自由なのに、歩かなければどこにも行けないとなると、閉じこもって当然か。

要するに老人と病人はよく似ている。だから高齢化社会で医療費が増大する。私は「歳は治りませんよ」という。老化現象は治すことができない。はじめからそう思っていればジタバタしないで済む。

その意味で医療はしばしば余計なお世話である。数日前、自転車で外出して、段差を見くびって転んだ。でも足首の皮膚をわずかに擦りむいただけ。なにもしなかったが、そのうちカサブタがとれて治っているはずである。それにしても治るまで、時間がかかるんですよねえ。

（二〇一六年九月）

あなた任せ

知り合いが集まって傘寿のお祝いをしてくれた。本当は七十九歳だが、お祝いは数え年だという。数え年なんて言っても若い人には通じないだろうなあ。生まれると一歳、次のお正月には二歳になる。別にそういう数え方でも差支えはないはずである。このやり方だと全員が元日に一歳、歳をとることになる。つまり元日は日本人全員の誕生日。

だから私の若いころは誕生日を祝う習慣がなかった。お正月を祝えばいいからである。いまでも私にはその感覚が残っていて、女房の誕生日なんか、すぐに忘れる。でも言い訳はしない。どっちみち忘れたら怒られる。言い訳なんかしたら、もっと怒られるだけ。思えば誕生日が全員同じというのは楽じゃないですか。生死は必ずしも自分のことじゃないんですよ。ピンと来ないでしょうけど。

百歳以上の人が年々増える。自分がいつまで生きるのか、ちょっと予想がつかない。いまのところ元気だが、いつ元気でなくなるのか、そんなこと、わかるわけがない。市役所から検診の知らせが来るが、むろん行かない。そんなものに参加すると、病気になりそうな気がする。

そもそもこの歳で元気でいるのがヘンなのである。検診に行って、健康ですといわれたって、行かなくたってそう思っているんだから、意味がない。病気ですといわれたら、気が滅入る。気が滅入るだけ損だから、行かない。

手遅れになるでしょうが。手遅れというのは伝統的な医者の脅しである。いつから手遅れなのか、じつはだれにもわからない。女房の父親は七十代の半ばに胃ガンの手術をした。握りこぶしくらいのガンだった。それで無事に治って九十代で亡くなった。執刀した外科の先生は六十代、間もなく胃ガンで亡くなった。

現代人は自分の寿命を自分で左右できると信じているらしい。私は信じていない。万事あなた任せ。誕生日と同じで、その方が楽じゃないかと思うのだが。

（二〇一七年一月）

統計数字

『健康診断は受けてはいけない』。これはじつは近藤誠先生の近著である（文春新書）。私は検診を受けないから、中身は丁寧には読まない。

近藤先生の扱っているのは統計数字である。医療界で統計が幅を利かせるようになって久しい。たとえば昨年、間接喫煙での死亡者が交通事故の死亡者を上回るという発表があった。交通事故の死亡は、原因をたどれば、それとわかる。間接喫煙で死んだ人は、わからない。俺は間接喫煙で死んだ。そう言って、化けて出た人が何人か、いたのだろうか。

こういう数字を並べてはいけないと思うけれども、今では並べるのである。老人に危険なのは、脚立と風呂である。じゃあ脚立と風呂を禁止するかというと、べつにしないであろう。そういうもので事故を起こして死ぬようなら、はっきり言うが、どうせダメである。いずれ、間もなく何かの原因で死ぬに決まっている。

患者さんが医者に来て、言い渡されるという小話がある。「あなたの病気にやっと診断がつきました。この病気の患者さんは九十九パーセント死にます」。それを聞いて患者さんは真っ青になる。医者が続けて言う。「でもあなたは助かります」。患者がどうしてかと訊くと、医者が答える。「私がこの病気だと診断した患者は、これまでに九十九人います。全員死亡しました。でもあなたは百人目です」。

ものごとはなんでもそうだと思うが、ほどほどでいい。検診もほどほど。心配なら行けばいいし、心配ないと思えば、行かなきゃいい。私の義兄は飛行機が嫌いで、一生乗らなかった。だから外国に行ったことがなかった。今年になって、九十三歳で畳の上で無事に死んだ。だからどうということはない。具体的な生き方は自分で決めるもので、統計で決めるものではないと私は思うんですけどね。

(二〇一七年五月)

老人の生き方

自分が年寄りかどうか、ときどき考える。あんまり実感がない。体はべつに不自由はないし、これといって病気もない。あるかもしれないが、なにしろ健康診断というのを十年以上受けていないから、本人にはわからない。本人にわからない病気を医者に発見されることを、私は余計なお世話と定義している。

そういう人間が、定年とか定年後とかを、まともに考えたはずがない。私は大学を定年の三年前に辞めた。退職金が三百万円ほど不利になりますと、事務の人にいわれた。でも三年間さらにお勤めして、その三年間をつまりは棒に振るより、辞めて自分の好きなことをしたいと思ったから、辞めてしまった。

食えないという心配は、もうしなかった。なにしろバブルの頃、銀座のホームレスが糖尿病だという時代だったから、食べものに困るということはない。私の育った時代の「食えない」は、文字通り「食物がない」という意味だった。時代を見れば、そんな状況に陥るはずがない。退職金で家のローンを片付けたから、借金もない。しかも長生きだった母親が、私が勤めを辞めるちょうど一週間前に死んだ。父親はとうの昔に死んでいる。子どもは成人しているし、もはや浮世に義理がなにもない。そういう状況は、じつに気持ちがいいものだった。

ひっくり返せば、それまでは肩の荷が重かったのである。それを降ろした解放感は、なんともいえないものだった。そこまで解放されるためには、それまでが監獄暮らしみたいなものでなければならない。こういうことは、要するに相対的である。長年よく我慢し、頑張って勤めたよなあ。自分でそう誉めるしか仕方がない。べつにだれも誉めてくれなかったからである。

それどころか、なんで辞めるんだと、その理由ばかり訊かれた。辞めた後の思わぬ解放感を思えば、まだ勤めているヤツにそれを説明したって、わかるわけがないじゃないか。自分だって、あれほど解放されるとは、思っていなかったのである。

おかげでその後の人生はアッという間だった。堰を切った川みたいなものである。まだ人生の全部は終わっていないが、古稀を越えたんだから、どうせ先行き長いことはない。それでもいろいろ忙しくしていると、時間はきわめて急速に過ぎ去っていく。勤めていた頃の思いに、もはや実感がない。なぜあんなことで、怒ったり、心配したり、疲れたりしていたのだろうか。ああいう生活は、いまでは前世というしかない。

なにが変わったのか。自分自身に決まっている。自分が変われば、世界のすべてが変わってしまう。若い人は「世界を変えたい」と思ったりする。たとえばそれが政治運動になる。団塊の世代の学生運動では、「東大解体」なんてスローガンがあった。でもその東大は解体しなかった。じゃあなにが起こったかというと、そう叫んでいた学生が「変わった」のであろう。もう叫ばなくなった。第一、解体なんていっても、意味がない。私も長年東大にいたが、解体する代わりに、そこを辞めた。そうしたら、なんともせいせいした。べつにそれなら解体しなくたっていい。関係ないと思えば、関係はないからである。

世の中が変わることと、自分が変わること、どちらがいいとか、悪いとか、そんなことはわからない。でも私が生まれたときに、すでに世間は存在していた。それならそちらが優先であろう。私を梃子にして世の中を動かす。なかなか勇壮だが、私にはそんな気はなかった。生まれたときにすでにあったものは、あったものである。それがよかろうが、悪かろうが、あるものは仕方があるまい。だから政治は嫌いで、やる気もない。

大学紛争当時、そんなことをいおうものなら、袋叩きであろう。でも世の中は一人でできているわけではない。日本の人口だけで一億人を超える。それが世の中の実体で、それを離れて世間が存在するわけではない。じつは世間なんて、その意味ではありはしない。その一億人が「言葉で動く」かというなら、動くまい。じゃあ、力で動くかというなら、それだけの力がどこにあるか。世の中が動くのは、どう考えたって、「ひとりでに動く」のである。

では、どう動くというのか。必要に迫られて動く。石油供給が逼迫すれば、値段が高くならざるを得ない。値段が高くなったら、いくつかの仕事が成り立たなくなる。現にイカ釣りもマグロ漁も、そうなってきている。都内の高速道路の渋滞は緩和する。地球が温暖化するから、炭酸ガスを排出しないようにと、世界的なキャンペーンを張るより、ガソリンの値段を上げたほうが早い。

ではなぜあれこれ、報道がなされるのか。それが報道の仕事だからである。個人の仕事なんてそんなもので、それぞれの人と同じ、かいつまんでいってしまえば、あってもなくてもいいのである。私が死んでも、代わりはいくらでもある。だからすぐに忘れられる。生きていれば多少は物理的に場所をとるから、存在がわかる。でも死んでしまえば、それもない。だから墓を作るのであろう。墓はいちおう場所をとるからである。その墓も百年保つかどうか、わかったものではない。それなら結論はどこに行き着くかって、諸行無常に決まっているではないか。歳をとると、昔の人のことを、しみじみ思うようになる。日本人の先達なら、西行と芭蕉であろう。どちらも一人で、うろうろ歩き回って、そのまま死んだ。それでいいので、それこそが伝統の生き方ではないか。芭蕉は俳諧、西行は歌と桜、好きなものがあった。しかも死ぬまでやっていられる。時代が数百年下がったからといって、人間に大した違いが生じるわけでもない。

むろん時代は変わる。しかしその時代は、西行や芭蕉の頃に比べたら、ずいぶん楽になった。

西行が京から鎌倉に旅したのは、いまの人なら、シベリア鉄道で欧州に行くより大変だったかもしれない。そういう楽な現代に生きているのなら、思う存分、生きることが可能なはずである。それをやらないのは単にやる気がない、必要がないだけのことで、やる気も必要もないことをやるのは、しょせんは無理である。

昔の人は、長生きも芸のうち、といった。いまでは芸がなくても長生きという気がしないでもない。それならそれを適当に利用すればいいので、歳をとったら、肩肘張っても仕方がないではないか。

（二〇〇九年一月）

文化・伝統

伝統文化に触れる大きな意味は、
情報化する以前のものをいかに情報化するか、
それを教えてくれるところにある。

——「伝統文化の意義」

伝統文化の意義

伝統や文化について、いちばんはじめに思うことは、なんだろうか。私の場合には「言葉」である。

これは二つの意味を含んでいる。その意味の第一は、「伝統」も「文化」も、どちらもまず言葉だということ、第二に、言葉そのものも伝統文化ではないか、ということである。「伝統文化」と書く、あるいは伝統文化と言うなら、それはまさに言葉である。当り前じゃないか。そう思う人もあろう。でもそれをあえて指摘するのは、現代がいわば言葉の時代だからである。言葉の時代に、言葉を扱っていると、現実あるいは実体を扱っているという錯覚を起こし易い。

叱られるかもしれないが、たとえば選挙の投票を考えよう。

鉛筆で名前を書いて(これは言葉である)、投票箱に入れる。

「これで世の中、いくらか良くなる」。多くの人はそう思っていないだろうか。私は思わない。世の中が良くなるか、悪くなるかは、あなたがなにをするかで決まる。言葉で決まるわけではない。

本土決戦、一億玉砕、鬼畜米英、欲しがりません勝つまでは。以来まだ日本は戦争に勝っていないはずだが、敗戦後の日本人がモノを欲しがらなかったとは、だれにもいえまい。むしろモノ余りの世間になってしまった。右のような言葉がまったくの「空(くう)」になったことを、私は知っている世代である。

国会の会期はどんどん延長する。国会は立法府である。立法とは法律を作ること、つまり言葉を作ることである。言葉を作れば、世の中が良くなる。皆さん、なんとなくだが、そう思っていないだろうか。

伝統文化の実体は言葉ではないものを多く含む。多くの人はそれを十分に意識していると思う。茶道や華道の実体は言葉ではない。だからそれについて論じることは、じつはむずかしい。実体験がないと、伝統文化についての論議そのものが「ただの言葉」になってしまう。つまり悪い意味で現代に取り込まれる結果となる。現代人は言葉を信じる点ではほとんど古代人に近い。私はそう思っている。言霊信仰なのである。

なにを無茶苦茶をいう。そう思われるかもしれない。現代の若者がほとんどの時間、ケータイを含めて、ネットの画面を見ていることはご存知であろう。それは結局なにをしているのかというなら、言葉を見ているのである。言葉でなくて、写真や動画を見ているかもしれない。

それを含めていうなら、情報である。四六時中、情報の世界に浸っている。現代日本にはネット依存症に対する外来があり、病院がある。

四六時中ネットを見ている、つまり言葉の世界に浸っているということは、「言葉を信じている」というしかないであろう。ここでようやく、いいたいことに辿りつく。言葉は意識の産物である。意識がなければ、言葉はない。現代社会は意識の産物で、その社会で言葉が優越するのは、いわば当然である。若者が中毒するほど当然なのである。三十年ほど前に、私はこれを脳化社会と定義した。

それなら意識は万能か。その意識は一日のうち、三分の一ほどは消えてしまう。つまり寝る。しかもいつ意識が戻るのか、意識にはわからない。仕方がないから、目覚まし時計なのである。眠ろうと決意したら、眠れるか。冗談じゃない、眠ろうと思うほど、目が覚めるに違いない。ということは、「意識のあるなしを左右しているのは、意識ではない」ということである。じゃあ、それはなにか。身体である。意識がない間も、身体は律儀に呼吸し、心臓を動かして循環を維持する。さらにさまざまな部分を補修するのだが、目覚めたとき、意識はただ「気持がいい」としか思わない。黙って働いてきた身体に感謝しないのである。

伝統文化に戻る。古典文学でいうなら、私は『古今和歌集』より『方丈記』や『平家物語』を好む。なぜならそこには身体がみごとに示されているからである。道元禅師が書くのは「身心」だが、江戸期に入れば「心身」である。現代ではむろん心身であろう。なぜなら人々は心を上にしているからである。

「なにごとも心がけ」。なにごとも言葉。だから会社の仕事もコンプライアンスである。つまり言葉による決まりがなければ、会社も動かないらしい。戦国の侍はコンプライアンスを無視したに違いない。それを平和な時代の人は「乱世」と呼ぶ。

進歩史観なら、歴史はどんどん「進む」わけだが、むろんそんなことはない。むしろ循環する。平安時代、江戸から現代は、ほとんど心の時代である。いわゆる中世、鎌倉から戦国にかけては身体の時代である。さらにいうなら縄文は身体の時代だったに違いないし、弥生はそのまま平安時代に連続する。そうした歴史を思うとき、その経過に善悪があるわけではない。人は身体と心だということは、いまでも当然で、問題はどちらが優先するのか、それが時代によって異なるということである。

太田道灌は中世の武将だったが、歌の心に無知であったことを恥じ、和歌の道を学ぶようになった。他方、『明月記』の藤原定家は「紅旗征戎（こうきせいじゅう）わがことにあらず」と書いた。定家は平安時代という心の時代にまだ生きている。堀田善衛は『方丈記私記』を三月十日の東京大空襲に触発されて書いた。現代では玄侑宗久が三月十一日の大震災を期に『方丈記』を書いている（『無常という力』新潮社）。伝統文化はいつでも生きているし、人を生かしているのだが、多くの人がそう思わない。伝統文化そのものである言葉を使いながら、それを忘れてしまう。おそらく忘れたいのかもしれない。

もう一つの伝統文化とは、広く「道」と呼ばれている。これはまさに身体に関わる。身体の所作だからである。型とはおそらく最終的に完成された所作を指すのだが、それが言葉として理解されると、静止したものとなってしまう。先に述べた「情報」との関係がここで重要である。情報とは時間的に変化しないものを指す。言葉は記録されれば、音声であろうが、文字であろうが、永久にそのままに止まる。とくに話し言葉は現場では動いているから、まさか停止したものとは受け取られない。しかしいったん口から出た言葉は取り返しがつかない。テープに記録すれば、何回でも再生が可能である。

動きだって、同じではないか。まったく同じ動きを繰り返すことが可能ならば、そういえよう。しかし人はつねに変わっていく。人体を構成する分子は七年でまったく入れ替わってしまうという。つねに変わっていく身体を、どのように留めるか。そこに型の意義があったはずである。

右の意味では、型は言葉に似ている。身体の言葉といってもいい。どちらも表現であって、動くものを留めるからである。なぜ留めるのか。意識は静止したものしか扱えないからである。意識が扱えるのは静止したもので、それを情報と名づける。むろんふつうそんな「意識」はないのだが。

ほとんど抄録のように伝統文化を短く論じてきた。伝統文化に触れる大きな意味は、情報化する以前のものをいかに情報化するか、それを教えてくれるところにある。身体を通して型を学ぶ意味は、まさにそこにある。現代は言葉の時代だと述べたが、現代人は言葉を既成のものとしていわば「運転する」。不足な言葉は外来語を借りれば済む。それで十分に間に合うように世界を作っていく。そこにはなにか本質的なものが欠けている。その欠如の感覚はかなりの人が共有しているはずである。伝統文化はその欠けているものの一面を明確に見せてくれるのである。

（二〇一四年二月）

その日その日

薪能のように、ときどき人が集まって、芸能を見る。一期一会というのか、いわないのか、それは知らない。ともあれ、そういうことは、とてもよいことだと思う。

人は石垣、人は城。武田信玄の言葉だというが、私は現場で聞いたわけではないから、保証はしない。国を保つのは、城と石垣ではない、人だ。そういう意味だという。いまでは城と石垣ばかり。都会を歩いていると、ふとそう思う。

城や石垣は、信玄の時代なら、長持ちする立派なものと思われていたはずである。そういうものをアテにしてはいけない。厳しい時代に生きた人が、そういうのである。

銀行が町の目抜きに立派な店舗を構えている。城と石垣である。人は大丈夫か。余計なお世話だが、それが気になっていた。そうしたら不良債権騒ぎである。

高層ビルがどんどん建つ。また城と石垣を増やしてらあ。関係がない私は、そう思っている。中に入る人は、どんな人だろうか。

ああいうビルは丈夫そうに見えるが、飛行機がぶつかれば、一瞬で粉々になる。そんな極端なことを考えなくても、何年もつのだろうか。仮に百年もったとしても、地球の歴史からいえば、ほんの一瞬である。長い目で見るなら、あれも仮の宿りであろう。

同じように人間もはかない。そう思う人もあろう。石垣よりはかないじゃないか。それは自分が「続く」と思っているからである。毎日別人だと思えば、はかないもクソもない。はじめから「同じ私」なんて、いないからである。薪能を見る前と見た後では、いわば別人になっている。いくつかの記憶が増え、気分が変わる。そんなこと、小さな変化でしょうが。では、小さくない変化とは、どういう変化か。そういう小さな変化を積み重ねて、大きな変化が起きていく。だから人は歳をとる。赤ん坊と老人は、とうてい同じ人とは思えない。じつはそれは、昨日と今日の違いの集積なのである。

一年経てば、人の身体の構成成分は、ほとんど入れ替わってしまう。一年でわれわれはまさに「別人」になる。物質的には別人なのである。

そのときどきのできごとは、そうしたことを考えさせてくれる。城や石垣は、逆を考えさせる。世界が固定しているという印象を与える。

どちらが本当か、そんなことは知らない。少なくともその日だけの催し物は、高層ビルとはまったく異なる印象を人生にもたらす。還暦をとうに越えて、私はその日その日のほうが本当だと思うようになった。皆さんがどう思っているか、それは知らない。

（二〇〇三年十月）

能と言葉

お能には一度だけ、行ったことがある。私は鎌倉に住んでいて、薪能の見学によばれたからである。お隣りの席は、東大医学部で同僚だった免疫学の多田富雄氏だった。

もっとも謡に無縁というわけでもなく、お能を拒否しているわけでもない。家内の謡の稽古についていったこともある。先生の謡をテープにとって、家で家内が練習用に音を出すと、当時の飼い猫が寄ってきて、テープレコーダーの臭いを嗅いでいた。どうもこの猫は謡が好きだったらしい。円覚寺の雲水が来て、玄関先で仏の四弘誓願を朗じると、すぐに玄関に迎えに出て行った。たぶん私より謡の鑑賞力があったのだと思う。

要するに私は積極的に出かけないだけである。音楽の演奏会もそうだし、絵画の展覧会もそうである。若い頃にはときどき出かけた。

いまではあちこち地方に講演に行く。それぞれの地方の方たちが、とても親切にしてくださる。暇な時間があると、観光をしましょうか、といってくれる。でもたいてい行かない。単に億劫だからだと思っていたが、考えてみれば理屈がある。人間の作ったものが好きじゃないらしい。嫌いというわけではない。でも人間の作ったものを見に労力を使うくらいなら、そこら辺の大木でも見ていたほうがいい。そういう気分がある。

その理由をさらに追求すると、子供のころにたどり着く。私は小学校二年生で終戦だから、テレビも玩具もお菓子もなかった。相手にしていたのは、カニにトンボにセミに魚だった。いまでは文明人のフリをしているが、中身は間違いなく野人である。白髪頭で、虫捕り網を振り回すのが楽しみなのである。

そう思えば、教育は大切である。多田さんは高校生の時から鼓を習ったとうかがった。多田さんが鼓を打っている間、私はたぶん山野で虫を追いかけていたのだと思う。

いまになって、謡の言葉でもしっかり頭に入れておけばよかったと感じる。日本語の美しさがそのなかにある。多田さんの文章を読むと、そう思う。むろん言葉自体が問題なのではない。その背後に、その言葉を生きた過去のさまざまな人たちの心がある。歳をとると、それが少しわかってくるような気がするのである。

（二〇〇九年三月）

文化の成熟とはなにか

成熟とはどういうことか、それを考え出すと、よくわからなくなる。成熟がよく理解できないのは、私自身が生きてきた時代の風潮と関係するのかもしれない。高度経済成長、技術の進歩、社会の発展。そこには成熟という概念がない。ひたすら先に進んでいくばかりである。思えば、戦後の日本社会は、いわば「若かった」のだなあと思う。その癖がついてしまっているのが東京であり、東京を代表するメディアであろう。

自分自身についていえば、八十歳に近いというのに、虫を捕まえて喜んでいる。これはこどものすることではないか。それを続けて、どうなる。そろそろ十分ではないのか。そう思っても、やめられない。そうなると「お若いですなあ」ということになる。

先日、イタリアのフィレンツェに行った。ミツギリゾウムシというゾウムシの一部の専門家、バルトロッチという教授がいるからである。「行くよ」というメールを出したら、さっそく返事が来た。それにおまけがついている。駐イタリア大使の梅本和義さんや、ほかの人たちも呼んで夕食会をやろうという。私は大使に面識がなかったが、それでわかった。大使は蝶が好きで、その趣味がある。ローマ大学の蝶の専門家スボルドニ教授にも声をかけてくれて、会食が実現した。

それが文化の成熟にどう関係するか。文化の成熟には二つの面がある。一つは専門分野が深く進んでいくことである。それは「進歩」だとして、ほとんどの人が了解している。むしろ「そればかり」と思っていないだろうか。でももう一つ、重要なことがある。それは分野どうしの横のつながりである。これを理屈や説明ではなく、「肌で理解している」かどうか、それが文化の成熟度を分ける。私はそう思う。バルトロッチがアッという間に同好者のつながりを企画したのは、イタリアの文化の成熟度を示している。私はそう感じた。

茶道を嗜もうと思ったとする。そこには建築があり、絵画があり、陶器があり、工芸品がある。あるいは書があり、香があり、花があり、季節がある。人為と自然を股にかけて、茶人は実にさまざまなものに接しなければならない。誠心誠意、お茶を飲んでりゃいい、というものではない。

諸分野のつながり、その程度こそが、文化の成熟度を測るものではないか。東京はたしかに専門家の集中するところである。でも東京大学と京都大学の違いを、私は長い間感じてきた。京都大学では専門性にこだわる必要がない。文化というものの「横のつながり」が理解されているからであろう。

飲み屋に行くと、別な学部の先生に会える。だから東大の現職時代に、私は大学前の飲み屋によく行った。そこでいろいろ勉強をさせてもらった覚えがある。京都はそれが町全体でできる。東京は広すぎて、分散してしまう。だからなかなか異分野の人に会えない。そう教えられたし、そう思って納得してきた。でもいま思えば、それは少し違うのではないか。違う分野をつなぐことの重要性を、成熟した文化は肌で知っている。そこが京都と東京の違いではないだろうか。

東京にいれば、世界のあらゆる文化に触れることができる。たしかにそうだが、その横のつながりはどうだろうか。むしろそんなことは考えられもしないのではないか。私自身もずいぶん前から異分野の人たちを集めて、なんとなく会合を持っている。その維持が東京では大変である。自分でお金を稼がなければならず、それをすると、ものを考える暇が無くなってしまう。それをするパトロンは関西でないとなかなか出ない。サントリー文化財団は典型だと思う。

東国は鎌倉の北条氏以来、相変わらず貧乏で、関西は金持ちだなあ。私はそう思う。金額の問題ではない。余裕であり文化の理解である。それが東京には比較的に欠けている。そのことを長年、痛感している。文化的なさまざまな分野をつなぐ。それが素直にできるかどうか、それこそが、文化が「こなれている」かどうか、つまり成熟の指標だともいえる。その意味で東の文化はいいものを得ているかもしれないがまだ消化不良。西の文化はそれほど高価なものではないが、消化にいいから、ちゃんと身になる。そんな気がするのである。

（二〇一七年九月）

私の祇園

根っからの関東人、鎌倉に生まれて育ったから、京都に繁く来るようになったのは、ここ三、四年のことである。祇園をまったく知らないわけではないが、そうかといって、よく知っているとは、とうていいえない。

鎌倉文化とは、そんなものがあればの話だが、よくいえば質実剛健、すなおにいうなら貧乏の典型である。北条時頼なら「鉢の木」だし、松下禅尼の倹約ぶりは、古いことに関心のある人はよく知っていると思う。その後七百年経っても、べつに変わらないみたいである。建長寺の修行道場は七百年そのままだというから、要するに貧乏。つい最近、子どもの頃からの知人が、自宅の隣りで発掘があったと、その写真を送ってくれた。出たものといえば、下駄一足と馬の骨。

鎌倉に祇園のような場所があるはずがない。元来が小さな田舎町、古都とはいうが、保存法のかかる総面積は、京都や奈良の十分の一、人口は二十万に達せず、旧市内は約五万、京都の二十分の一。それでは商店は立ち行かないし、花街があるわけがない。私はそういうところで生まれ育った田舎者、木曾義仲といったところか。

京都国際マンガミュージアムの館長になって、よく京都に来るようになる以前は、たいてい木屋町で飲んで終わりだった。よく知らない街で飲むには、まず行きつけの店を作る必要がある。そうでないと、勘定が払えないときに、困ったことになる。知らない店でも一人で平気で入って、気ままに飲む上に、梯子酒だから、そういうことになりやすい。でも行きつけの店があれば、とりあえず勘定を払っておいてもらえる。だからツケ馬を引き連れて、知った店に行く。困ったものだが、若い頃は本当にそうしていた。世話になったその店も、むろんいまはない。

京都は夜ふらふら歩くには、じつにいいところである。木屋町のような場所は、東京にはない。江戸には掘割の水路がいたるところにあったはずだが、いまではみんな道路になってしまった。ある夜、花見小路の傍で満開の桜に出会った。思わぬところで出会う桜はいいものである。それが私の祇園のいちばんの思い出。

若い頃は酔うと路地に寝る癖があった。星空が見えて気持ちがいい。でもいまの祇園ではそういうわけに行かないであろう。酒を飲むことを考えると、時代がすっかり変わったなあと思う。タバコなんか、面倒くさくて吸いたくなくなる。歳をとって時代に遅れた。いいたくないが、飲むなら昔のほうが良かった。はるかに気ままに飲めた気がする。

祇園に行くなら、行きつけの店を作るしかあるまいと思う。いまさらそんな気もない。近頃は酒も飲まない。これでタバコをやめたら、早い話が死んだということであろう。まあ、死んでも差し支えない年齢ではあるが。安参で肉でも食べて寝よう。

（二〇一一年四月）

山中閑居

生来の不調法、どんな粗相をするかわからない。そう思って、お茶席のような場面は、若い頃からひたすら敬遠してきた。でもしだいに年を経てくると、そうもいっていられない。家内も茶事が好きだし、ときにはお付き合いで、お茶席の末端に連なることになる。なんだ、もっと以前から、茶碗の持ち方くらい、覚えておくべきだったかなあ。でももうちょっと遅い。

思えば大学生のときに、友だちに誘われて、お茶の稽古に行ったことがある。この友だちは学生結婚で、奥さんがお茶を習いたいのだけれど、一人では心細い。だから一緒に習おうと、自分の亭主を引き込んだわけである。その亭主がつまり私の友人だったから、そいつが私をさらに引き込んだのである。

二、三度通ったら、奥さんのほうも慣れて、一人で稽古に通うようになった。おかげでご亭主と私は無事放免になった。続ければよかったかとも思うが、本式の習い事はこういういい加減な動機で続くようなものではない。

茶事に縁がなかった理由を考えると、いろいろ思い当たる。まずは時代と環境である。私は小学校二年で終戦、戦中戦後の食糧難を通り、カボチャとサツマイモはあえて食べない世代である。あの状況では、茶事どころの騒ぎではない。農家に着物を持っていって、食料と物々交換するのが普通だった。さらに思想の変化も大きかった。伝統的なもの、つまり古いものは一切ダメ。そういう雰囲気があった。親孝行という徳目が消えたのも、私の時代からであろう。そんなものは封建的、以上終わり。最近の研究では、私の世代の女性から食習慣が変化したことが明らかになっている。なにしろ食べものがなかったのだから、伝統の味もクソもない。私と同年の女性くらいから、嫁入りの準備として料理学校に通い、スパゲティとハンバーグを教わることになったらしい。

私が地方の旧家の育ちなら、また違ったと思う。でも父は福井県、母は神奈川県出身で、東京で知り合って結婚し、鎌倉に住んだ。父は商社員、母は医者だったから、典型的な近代夫婦である。どちらも郷里を離れているから、いわば過去と縁が切れていた。父は戦時中に死んだし、母はとくに過去の縁を切ろうとして生きた人だった。だから私が受けた教育は、どちらかというなら、まったくの洋風だったといっていいであろう。中学と高校はカトリックのイエズス会が経営する栄光学園だった。同窓生でアメリカに住みついたのも何人かいる。もっとも中学までこの学校で学んだ細川護熙元首相に、幼いときの教育はどうでしたかと訊いたら、そりゃ四書五経ですよ、といわれた。そういう家柄なら、戦後の雰囲気がどうであれ、伝統文化に親しんで当然であろう。

私のように背景の切れた人間が親しんだのは、自然である。子どもの頃から、虫捕りばかりしていた。いまでもそうしている。ただそういうことをしていても、ひとりでに茶事に関わってくることがある。つい先日、隠岐は西之島の山中にある焼火(たくひ)神社まで、虫捕りにいった。社務所を借りて休憩したが、たまたまその場に抹茶の用意があったので、同行した知人が一服ふるまってくれた。こういうお茶はいい。人事を遠く離れ、別世界に入った感がある。

別に天地あり、人間(じんかん)に非ず。世間だけが世界ではないよ。自然があるではないか。山中に閑居して、李白はそう詠うのである。

（二〇一三年九月）

私の銀座

年寄りは当然、昔話になる。東京は銀座に初めて行ったのは、いつのことか。

私は昭和十二年鎌倉生まれで、いまでもそこに住んでいる。だから東京は「わざわざ行く」ところである。学生時代も勤務先も本郷の東京大学だったから、東京にはイヤというほど行った。

じゃあ、銀座に行ったのはいつか。そう思って考えていたら小学生時代を思い出した。近所の遊び仲間のお父さんが、映画館のスバル座に勤めていた。そのコネで、映画をただで見せてくれるというのである。それで日比谷まで見に行った覚えがある。映写室までのぞいた記憶があるが、なにせ七十年くらい前だから、記憶が定かではない。そもそも見た映画自体が記憶に残っていない。遊び仲間のほうは千葉の老人ホームに入ってしまった。

次の記憶は二十歳まで飛ぶ。計算してみると昭和三十三年、一九五八年のことである。医学部の友だちに連れられてビア・ホールに行った。ローレライという店である。じつは泰明小学校のわきの地下にいまでもある。ただし経営者は替わって、従業員も替わった。そりゃ、当たり前ですな。店のつくり自体はそれほど変わっていない。

最初に行ったときは、ご主人は太ったドイツ人のオジサンだった。娘さん二人がお運びをしていた。数年前にテレビ取材で、若いころに飲んでいた店を回るという企画があって、久しぶりにローレライに行った。そのときに娘さん二人を呼んでもらい、ほぼ五十年ぶりに再会できた。お二人とも元気で、懐かしい、というも愚かでしたね。

考えてみれば、スバル座もすぐ近くにあった。帝国ホテルのわきである。そういう土地勘みたいなものは重要で、帝国ホテルにはいまでもよく行く。子どものころからの記憶が無意識に影響している可能性がある。以前から知っている場所は、なぜか安心なのだろうと思う。

さらに近くにマ・ヴィというシャンソンの店があった。ここは客が歌うのではない。聞くだけである。その先の地下に青江があった。いわゆるゲイ・バーで、その後六本木に引っ越した。じつは青江の従業員の寮が鎌倉にあって、銀座が休みの土日には、鎌倉に店を開けていた。私はそこに行くのが癖になって、真夜中に数人のゲイを連れて夜食を食べに行ったりした覚えがある。その時刻になると、ヒゲが目立ってきたりして、はたから見れば、百鬼夜行という状況だったかもしれませんね。

いまはカラオケ全盛だが、当時ローレライにはギターの弾き語りの人がいて、「乾杯の歌」が定番だった。さらにラ・ナピアという店がちょっと先にあった。フランス語かイタリア語かと思うだろうが、じつはママさんのナオコがピアノを弾くからそう名づけたと聞いた。ここは私の恩師が行くことがある店だった。大学院生のときに、前日の勘定を先生から預かって、翌日の夕方、開店前に払いに行ったことがある。大学の先生とはいえ、思えば律儀な人でした。でも飲み屋の勘定を預かって払いに行ったのは、これが最初で最後ですね。

こうして思い出してみると、飲んでばかりいたみたいである。じつは学生時代、私はビールをコップ半分も飲めなかった。本当に飲めるようになったのは、三十代以降である。酒量が進んだのは中年、六十代からはまた飲まなくなった。四十代には、赤坂の行きつけの店で十時からウイスキーのボトルをとって飲み始め、午前二時の閉店にはボトルが空になっていた。一人で飲んでいたから、四時間でウイスキー一本を空けたわけである。立ち上がったら、足が多少ふらついた。でもそれだけ。

どうして飲むようになったかは、簡単である。いま思えば、要するにヤケ酒。個人的な生活もヤケ、仕事もおもしろくない。それでひたすら飲んだわけで、思えばお酒はありがたいものである。おかげで思いつめなくて済んだ。いまは日本酒を一合も飲んだら、赤くなって寝てしまう。ヤケ酒を飲まなければならないような思いもない。

歳をとると古いものがよくなる。帝国ホテルに行くのも、それがある。東京駅の近くでいうなら、ステーション・ホテルもパレス・ホテルも丸の内ホテルもある。新しくなってから、どれもあまり行く機会がない。行っても、なんだか落ち着かない。以前の記憶が邪魔になる。古い記憶を消してしまえばいいのだろうが、それは無理。

帝国ホテルのロビーにはバーがある。ときどきここで時間をつぶす。理由はおわかりになるであろう。こういう場所は、いまでは都内にほとんどない。新しくなったホテルに行きたくないのも、一つにはそれがある。オリンピックが終わったあとの東京は、あまり見たいと思わない。生きていればの話だが、田舎で暮らそうと思う。

ある時期から、居心地のいい場所とは、自分と同年齢に近い建物だと気がついた。三十年以上、私が働いた東京大学医学部本館の建物は昭和十二年に竣工している。まさに私と同い年だった。現在のビルは新築時がもっともきれいで、きちんとしている。あとは古くなるだけ。建物には減価償却しかない。できたては有用性なし、しだいに育って役に立つようになり、やがて使命を終える。人生はそう経過するが、そういう建物ができないものか。ピカピカから時間とともにボロボロ、わびしくないですか。

銀座のいいところは、その意味でボロボロからピカピカまで、適当に連続して存在するという、街のたたずまいかもしれない。新しければいいというわけでなし、ただ古けりゃいいというものでもない。その意味でのほどほどさが銀座にはある。いずれにしても、懐かしい街並みですね。

（二〇一八年一月）

落語と私　私と落語

ときどきベランメエの口調が出ますね。そういわれることがある。落語のせいではなかろうか。

子どもの頃は、現代とは違って、あまり楽しみがなかった。鎌倉に住んでいたから、寄席に行く機会もない。でも落語は当時の子どもの教養だったのではないかと思う。語り物では浪花節は大人のものに決まっていたし、講談は長いから、本で読むしかない。落語なら、長いものもあるとはいえ、話が単純で頭に入りやすい。親しみが深かった。だからつい会話に出てしまう。落語のおかげで、八五郎の口調が伝染ったのかもしれない。

これはたぶん江戸の下町弁だと思う。でも鎌倉あたりの方言は、それに似ていた。すぐに真似ができる。高校の文化祭で「もといぬ」をやっていたなあ、という記憶もある。

私は理屈っぽいものが好きで、近年では桂枝雀の枕に感心していた。理科系の論理を使って、みごとな構造を作る。むろん論理構造を壊すから笑えるのだけれど、そこがじつに天才的ともいえた。論理に絡め捕られるのが、人の通例なのである。学者はとくに論理に弱い。でも理屈はアテにならない。昔の人はそれをよく知っていた。説教ではなく、それを教えるのが、枝雀の枕だった。

その流れで好きな落語といえば、「蒟蒻問答」。寄席で聞いたことはない。本で最初に読んだのは、小学生の頃ではないか。ひたすら逆をいい合う、最初の部分が子どもにとっては、むやみに面白かった。後の部分、蒟蒻屋の六兵衛の和尚は、大人になってからも感心する。作者は定めし学のある人だなあと思ったりした。学問なんて、あんなものだよなあ。いまでもそう思うことがある。

手元にある『落語全集』は昭和三十九年、金園社版、全三巻である。たまに出してきて読む。寝る前くらいがちょうどいい。居住まいを正して読むようなものでもないし、電車で読むには重過ぎる。それなら筑摩の文庫版。電車のなかでつい笑ってしまい、あわてて難しい顔に戻す。

落語はいいですなあ。

（二〇一三年一月）

嗜みってなんだ

嗜みだって？　そんなものはないなあ。

それが最初の印象である。家内は茶道や香道を嗜むが、私にそんな嗜みはない。以前やっていた解剖は、むろん嗜むとはいわない。いまやっている昆虫採集も、嗜むなんて、いわないと思う。でも大勢の人が虫を熱心にやっているんだから、ぼちぼち「虫をいささか嗜みます」くらい、いってもいいかとも思うが。

要するに、日本文化の伝統を引くものでないと、本来は嗜みとはいわない。表現でいうなら、「武士の嗜み」が紋切り型の典型だが、その具体的内容がいかなるものか、いまではもはや想像すら絶するであろう。私が子どもの頃に読んだ講談本では、木村重成が兜の中に香を薫き込んでいたとか、その他いろいろあったような記憶があるが、平成の御世ではキムタクならともかく、木村重成ときては「誰、その人？」でお終いに違いない。

嗜みとか、慎みとか、以前はいい言葉がありましたなあ。いまでも励みくらいは、あるかもしれない。でもふつうに使われるのは、苦しみとか、悲しみであろう。あとはそねみとか、ねたみとか。ああ、やだやだ。

こういう言葉を、動詞の連用形とか、いうんじゃなかったか。日本語文法なんて、中学か高校のときに聞いたきり、以来考えたこともない。動詞の連用形をそのまま名詞にすると、微妙な意味合いの名詞ができる。若い人のいうノリなんて、それじゃないだろうか。おそらく「乗る」に由来しているのであろう。行きとか帰りと、ふつうにいうのだから、ノリが古くからあっても不思議ではなかったはずだが。

古い世代の私でも、このノリということばには、さして違和感を感じない。造語法がやまと言葉の伝統に合っているせいかもしれない。

動詞に由来する、こういう名詞は、気分のあり方としばしば連動している。その種の言葉が多いのは、日本語の特質の一つだと思う。もっとも、やまと言葉で名詞を造語するには、たぶん動詞を名詞化するしか手がないのかもしれない。それが連用形である理由を、私は知らない。ともあれ漢語が輸入されたおかげで、やまと言葉はふつうの抽象名詞の造語力を発達させる必要がなかった。おかげで気分あるいは情緒を含んだ、西欧風にいうなら「主観的」といわざるを得ない名詞を、日本語は逆に豊かに持つようになったのではないか。国語研究所に訊いてみようか。

嗜みなんて、そんなものはない。そう述べたが、そうなったのは、たぶん私の世代からかもしれない。なぜかというと、嗜もうにも、なにも嗜みようがなかったからである。タバコすら、ほとんどなかったんですよ。

なにしろ育ち盛りの時期が、戦争と戦後の民主化時代である。その時期に多くの伝統文化がまさにプッツンした。切れてしまったのである。なにより食糧難、半世紀後にメタボの時代が来るなんて、当時はこれまた想像を絶した。食うために働くことになれば、嗜みもクソもない。衣食足って礼節を知る。

それ以上に重要だったかもしれないことがある。それは戦後のいわゆる民主化である。古いものはなにしろ「封建的」だった。茶道の家元制度なんて、当時は封建制の典型と見なされたであろう。いまでいうなら、差別用語、人権問題などと同じで、「封建的」世界なんかには、触れないに越したことはない。

私は古稀になったが、本当にびっくりすることの一つは、この「封建的」という言葉の戦後の推移である。「大日本帝国」や「一億玉砕」は官製の言葉であろうが、「封建的」はおそらく違う。左翼用語であろう。しかしこの言葉は、官製用語と同じように人口に膾炙(かいしゃ)し、官製用語と同じように、あるいはそれ以上に、いまや完全に消えた。流行の言葉とは、ここまで完全に消えるものかと、思わず慨嘆する。

嗜みが途切れたのは、この「封建的」という言葉と、間違いなく関係している。伝統文化はその視点からは、決して歓迎すべきものではなく、ゆえに未来もなかったのである。だから若い私はそれに関心を持たなかった。持つ機会もなかった。

とはいえ世間はいろいろだから、そうした伝統が切れなかった家も当然あった。だからもちろん伝統文化がいまも残っているのである。細川護熙元首相は私の中学の後輩だが、子どもの頃は四書五経の教育だったといっておられた。私も漢籍は学ばされたが、なにしろ家庭教師が当時の東大生あがりだから、四書五経ではなく、『十八史略』だった。若い人には、その違いがわからないだろうと思うが。

私の家は母が開業医で、父母ともに地方の出身、都会の中産階級の典型だった。おかげで伝統には関係がない。親の代から伝統とは切れっぱなしである。晩年、母は三味線を弾いて、小唄を習っていたが、私は無関心だった。たまに発表会に連れて行かれるのが、迷惑といえば迷惑、唯一の親孝行といえば孝行だった。もっとも母親の小唄の実力（そんなものがあればの話だが）なんか、まったく信じていなかった。そういうものが付け焼刃ではダメだと、それだけはわかっていたのであろう。

私が生きた時代は、思えばなんとも変な時代だった。何気ない日常、その生活をここまで変えた時代はなかっただろうし、これからもないであろう。それをよい方への変化だったと思うのは自由だが、その思いの大部分は信仰に過ぎない。アーミッシュに対するふつうのアメリカ人の態度を見れば、近代信仰というものがあるとわかる。自分たちの出自を馬鹿にするのは、悪い意味での信仰以外にありえない。

日本の伝統が昭和十二年生まれの私の世代で切れたというのは、おそらく相当の事実を含んでいるはずである。岩村暢子氏は食の問題を通じて、それを社会調査から実証しておられる。食糧難で育った私の世代の女性には、おふくろの味なんかない。その結論はきわめて説得的である。

私より数年以上も年長の人たちと、自分との付き合い方を考えても、似たようなことを私は強く感じる。年長の人たちに対して、私はつねに一歩下がって、いわば間に一皮を挟んで、お付き合いしてきた。それはかならずしも「長幼序あり」を実践してきたという意味ではない。年長の人たちと率直に付き合うことは不可能だ。いつからか、そう思い込んできたからに他ならない。それは私自身の兄や姉との関わりに発するのかもしれない。そこには暗黙の了解に基づく人間関係の「なにか」が欠けている。正体の明確ではないその「なにか」が存在することを、私は知っている。他方、団塊の世代になると、おそらくそれすらを知らない。あるいは気づかないのである。

嗜みという言葉が、本当に復活する時代を迎えるのであろうか。それならそれで、たいへん結構なことだと思う。私の時代には、大学に教養という課程があった。そんなものはいまやない。大学での教養は、実際的には頭だけにならざるをえなかったから、日本型の教養、つまり嗜みにはなりえなかった。嗜みには身体が絡んでいるからである。日本の文化はつねにそうで、まったく身体を離れて抽象化されたものは、伝統文化では評価されない。だから哲学はしばしば悪口である。でもタバコなら嗜むといっていいんですよね。

伝統であれ、文化であれ、学問であれ、かならず身体に戻ってくる。嗜みは「身につく」ものので、自分のものとは、身についたものである。「墓に持っていけるものだけが自分の財産だ」というのが母の口癖だったが、それは身についたものでしかありえない。自分探しをする若者に、いちばん気づいて欲しいのはそのことである。お前さん、いったいなにが「身についている」のかね。それだけがじつは「本当の自分」なのである。

(二〇〇八年三月)

自分の書斎と女房の茶室

私が家を持とうと決めたのは、四十歳代半ばだった。それまでは実家の隣の借家に住んでいたが、借家は所詮、借家でしかない。家が欲しいと言われたことはないが、僕が家族に何かできるとすれば、まず家を持つことだと思った。

一年半かけて選んだのは、自分が生まれ育った土地だった。その地にとくにこだわったわけではなかったが、探しはじめてわかったのは、地元ならではの「保険がかかっている」ということだった。仮に土地勘を持たない場所で家を探すとなれば、その土地が適当な環境・価格なのか、まともな話かどうかなどを知るにもお金がかかる。だが、地縁のある中で探せば、その土地の人間関係もわかるし、売り手も買い手も知っているので間違いはないだろうという判断だった。

しかも、最初に気に入った場所は値段の折り合いがつかずに一度は諦めたが、一年ほど過ぎた後、こちらの予算の範囲にまで下げて売ってくれた。一年のロスを値下げという「保険金」が補ってくれたといえる。

高度成長期に「東京は巨大な村だ」という表現があった。「村」に象徴される密接な人間関係が残っている一方で、外からは国際都市に見える。それを端的に表したのがこの言葉だった。

だが、近年の流れの中で社会は大きく変わった。人に干渉され、人と関わり合いを持つのは鬱陶しいこととされるようになり、いまはその極限に達している。しかし、村社会の人間関係は、裏返せば何かあったときに安心ということになる。やっかいな面がある一方で、事件や犯罪、無用な諍いも起こりにくい。結婚や家の購入など一生の大きな決断をするときには、煩わしいと思っていた濃密な人間関係が案外、役に立つことに気づかされた。

場所だけは私が決めたが、家の設計は女房に一任した。私は戦後の何もない時代に育ったから雨露さえ凌げれば十分だと思っていたし、与えられた状況に合わせて使うだけの私は、どんな家ができても文句を言うつもりはなかった。家は家族のためのもの。ほとんど家にいない私より、家で過ごす時間の長い女房に任せるべきだと思った。

女房は蔵書の多い私のために、床をコンクリートで補強した頑丈な書斎を設計し、可動式大型書架を四台入れられるようにした。自分には趣味と実益を兼ねてお茶を教えることにするといって茶室をしつらえ、子どもにはそれぞれ個室を与えた。家族それぞれが、うまく居場所を得た。

西行しかり鴨長明しかり松尾芭蕉しかりで、脳の構造から見ても男というのはウロウロする生き物。私自身は持ち家などなくてもよいと思っていたが、女性には営巣本能がある。家づくりを女房に任せたのは正解だったとつくづく思う。

（二〇一三年一月）

私の小林秀雄

死後にその人の栄光をたたえる文章をオマージュという。欧米にはそれを書く伝統がある。対象が政治家の場合はもちろんだが、学者にもそれがある。日本に取り立ててそういう習慣はないと思うけれど、そういうものがあるとすれば、小林秀雄には日本型のオマージュがいちばん多いような気がしないでもない。

まず思い出すのは、山本七平である。小林秀雄が亡くなったとき、山本七平が雑誌「新潮」にオマージュを書いた。本人は小林秀雄に会ったことがないと書いていたと思う。でも小林に私淑していた。「書きたいことを書いて食えるのはうらやましい」。小林秀雄について、若いときからそう思っていたと、山本七平は書く。

これを読んで、私はビックリした。私は山本七平の愛読者だったが、かならずしも小林の愛読者ではなかったからである。私はいわば理科系の教育を受けたから、典型的な「文科系」の小林の書くものは、若いときには性に合わないと思っていた。たまに読んでみると、なんだかわからないことが書いてあることが多い。それに対して、山本七平の書くことは、ごくわかりやすい。ふつうの人にはわからないだろうと思われる、戦時の特殊な体験でも、わからないだろうということを前提に、わかるように説明しようとする。それが山本七平の文章である。小林の文章はそれとは違う。かなり「深い」ことを、ポンと投げ出すように語る。だから「わからない」のである。

その小林秀雄の本で、私が感銘を受けたのは、晩年に書かれた『本居宣長』である。この本が出た当時、福田恆存が「この本は私にしかわからないと思って、夜を徹して読んだ」と書いていた記憶がある。そんなむずかしい本かと思うが、たしかになぜ小林がわざわざ本居宣長を書こうと思い、そこでなにをどういう意図で取り上げたかということなら、完全に理解するのはむずかしいと思う。でも書かれていること自体は、小林にはめずらしく平明である。

ともあれ山本七平が小林秀雄をはなはだ高く評価していたことは間違いない。山本は砲兵で、いわば軍隊では理科的な能力がいる。山本の書くものも、理科系の背景をもつ私にはわかりやすく思われた。イデオロギー色がないのが好ましい。その山本が小林を評価するんだから、小林は「理科的にもわかりやすい」のであろう。

その例をいえば、若い世代では茂木健一郎である。小林の講演のCDを聞いて、たいへん感銘したと書いている。なるほど、文章を読むだけでなく、話を聞いたほうが面白い人だったのかもしれないと思う。茂木は理科系でもあり、文科系でもあるから、若いけれども、小林のよき理解者になったであろう。

さらに昨年亡くなった免疫学者の多田富雄である。多田は新潮社の小林秀雄賞を受けた際の授賞式で、脳卒中のために声が出ないから、コンピュータの音声で「花の美しさというものはない、美しい花があるだけだ」という、小林の言葉を引用していた。多田もまた小林に私淑した一人だったに違いない。

そういえば、私は小林秀雄賞の選考委員で、山本七平賞の選考委員でもある。それにしては小林秀雄の理解が浅いなあと、自分で思う。私は鎌倉生まれの鎌倉育ちで、じつは子どもの頃から、小林秀雄をよく見かけたことがある。背の高い、やせた老人という印象だった。だから「小林を知っている」ということが先に立って、中身にあまり関心がなかったのかもしれない。本だけ読んでいて、「著者はどういう人だろう」という疑問はふつうに起こるだろうが、著者の見かけを知っていて、「どういうことを書くんだろう」という疑問はあまり起こらないのではないか。「ああ、あの爺さんか」でおしまい。

たしかに鎌倉には、私の若い頃には、そういう偉い爺さんたちがいた。大佛次郎の家は私の自宅のそばにあって、猫屋敷と呼ばれていた。猫が好きで、それがわかっている近所の人が猫を捨てに来たから、どんどん増えたらしい。久米正雄とか、小島政二郎とか、林房雄とか、いまの人はもうわからないだろうなあ。塩野七生が「下男の見たレオナルド」という随筆を書いていた。下男から見れば、天才もただの男である。私の小林秀雄も、それに近いのかなあ。

（二〇一一年三月）

犬と猫

決めた。
世間はどうでもいい。
俺はネコになる。

――「ネコと虫と」

人と犬の暮らしを考える

最初に飼った犬といえば、コッカースパニエルの雌。昭和三十年代だったはずである。血統書つきだったが、ある立派なお宅で室内で飼われていたのに、泥棒が入ったときに吠えなかったというので、お払い箱になった。それを開業医だった母がもらってきた。母は動物をもらってくる癖があって、なのに自分では忙しく面倒をみないから、子どもの私が世話係にされてしまうのである。

もっとも母のために弁護すれば、私が虫好きで、動物が好きなことを知っていたからでもあろう。コッカーはずいぶん面倒をみた。尻尾が切ってあるから、喜ぶとさかんにお尻を振っている。その姿が半世紀以上経ったいまでも目に浮かぶ。しかし、しみじみバカだと思った。逆にいえば、人がいい。というより、犬がいいというべきか。

どこがバカかというと、お産のときに、子どもの胎盤を食べなかった。だから私が気づいたときには、すでに二匹が窒息して死産していた。そのあとは私が産婆をしたから、無事に生まれた。犬にも産婆が必要だと、そのときに知ったのである。

ところが、この犬を虫捕りに連れて行ったら、山の中で突然元気になった。藪のなかに勝手に入っていっては、鳥を追い出す。なるほど、そういうことに使ってやればいいのか。家の中で、泥棒の番をさせておくような犬じゃないんだ。そう思った。当時は犬を紐でつなげなどといわなかったから、犬も幸せだったと思う。

私が犬をいま飼わないのは、そのこともある。個人的に私は犬をハッピーにしてやる自信がない。犬を飼うなら、無人島に引っ越そうかとも思ってしまう。でもそれはそれで、社会的動物としての犬には不十分であろう。そういうことを考えないで、ただひたすら飼っていけたのは、私が若かったからだろう。歳をとると、余計なことを考えるようになって、動物を飼うには向かなくなるのかもしれない。

それにしても犬とは不思議な生き物である。あれほど表情豊かな動物は他にはいない。動物に感情があるのは脳の構造を見ても明らかで、むしろ人間よりも強いかも知れない。しかしその感情を表情で現せるのはおそらく犬くらいのものだ。例えば熊だってもちろん感情があるのだが、アイツらはそれを顔の表情であらわせない。熊同士ではわかるのだろうが人間相手のコミュニケーションなどできるレベルではない。犬並みのわかりやすい顔をしてくれれば、きっと人間相手の事故ももう少し減っているにちがいない。

犬はあまりにも上手に表情を作るものだから、その分誤解を受けやすい。飼い犬は「私が悪かった」みたいな顔をよくするが、それを見た人間側が「やっぱりコイツ悪いことをしたのがわかっている」と思いこんでしまう。犬はとりあえず人間のご機嫌を窺っていただけなのに、深読みをされて怒られてしまう。これでは割に合わないというものだが、そこをうまくこなすのも犬ならではの処世術の巧さ。だからこんなにも長い時間を人間と過ごせてきたのだろう。

（二〇〇七年一月）

〝モノの区別〟を犬に教わる

「うちの犬は頭が良くて人間の言葉がよくわかるんです」と自慢する人がいる。

犬の多くは、確かに人間の言葉をいくつか理解しているようでもある。しかし実際のところはどうなのだろう。それを考える前に、まず人間と動物の物事への認識の仕方の違いを知っておきたい。

ご存じの通り、人間は「言語」を持っている。赤、青、白、男、女、木、水、猫、犬……等々、あらゆる事柄すべてに名前を付けて生活しているわけだが、この「言語」がなかなかクセ者なのである。なぜならば言語を通して、細かい違いにあえて目をつぶり、物事を「同じ」という概念で括ってしまっているのだ。

そのような人間に対し、言語を持たず〝同種類のものとして括る〟ことをしない彼らは、物事に対し極めて〝具体的〟だ。

例えば、「冷蔵庫に入っている昨日買ってきた豚肉と今日買い足した豚肉」があるとする。売り場も肉の種類も全く同じモノなのだが、本来は鮮度も違えば匂いだって違う。だが人間にとってこれは〝同じ豚肉〟であって、言われなければその違いが分からない。

しかし犬にとってこの二つは全く別物なのである。それは元々〝豚肉〟というような、言語で括るような概念的な見方をしていないからだ。どんな事柄も、世の中のモノすべては〝別物〟であって、その一つ一つに持って生まれた五感を生かして観察し対応している。それが犬というものであり、我々人間と大きく違うところだ。

だから犬にとって「言語」や「数字」などの概念的なものは本来最も苦手なはずである。褒められるから一生懸命なんだろうが、人間の言葉を覚えなければならないなんて犬も大変である。

しかし五感を失いかけている人間の方が、実はもっと大変かもしれない。我々人間も言語を持つ前にはきっと優れた五感があったのだろう。絶対音感の話を例にとると、人間で絶対音感を備えている人は、小さな頃からピアノやバイオリンなどを習っていた人たちに限られるだろう。しかし基本的に犬は絶対音感を兼ね備えている。

というより、これはどの動物でも、虫でさえも持っていて、情けない話だが持っていないのは人間だけなのである。物事を概念的に捉えるうちに、いつの間にか無くしてしまったのだろう。まあその部分では人間は犬にも虫にも劣るというわけだ。

さて、ここまで考えてくると面白いことに気づかないだろうか。果たして犬は自分の名前をどのように理解しているのだろうかということだ。

（二〇〇七年二月）

なまえの疑問

犬にとって最も苦手なことは、人間が使う「言葉」や「数字」を理解することだとは前節でお話しした通りである。「言葉」というものを持たない犬は、概念的な思考をもともと持っていないため、物事を言語や数字を使って系統立てて考えることが出来ない。そうなると、我々が日常的に呼んでいる自分の犬の名前を、彼らは一体どのようにして認識しているのだろうかという疑問がわいてくる。

興味深いのは、どこの家の犬も、言葉を覚えることが苦手なくせに、大抵は自分の名前をきちんと把握していることだ。〝わかっているように映っている〟といった方が正確だろう。例えば「サクラ」という名前の犬に、その家の誰が「サクラ」と呼びかけてみても、サクラは自分が呼ばれたと思って反応することだろう。そのため、人間から見れば、あたかも犬が「サクラ」という〝名前=言語〟を理解しているかのように映る。しかし、実際に犬にとっては、名前は「言語」でなく、あくまでも「音」でしかない。

家庭で飼われている犬は、その家の奥さんが呼ぶ声、ご主人が呼ぶ声、子どもたちが呼ぶ声など、毎日たくさんの名前を呼ばれ続けているはずである。更にアクセントや音程も状況によっては様々に変化することだろう。

前節では、人間以外の動物や虫はすべて絶対音感を備えていると話したが、〝音〟を絶対音感として認識し、かつ言葉を持たない犬にとって、呼ばれる名前のすべてが、実は全く別の音として聞こえてしまっているのである。人間側からみると、どんなにアクセントや音程が変化したところで〝サクラはサクラ〟だが、犬にしてみれば、何十、あるいは何百もの〝自分の呼ばれ方〟として聞こえているのである。また、そのほとんどは〝音〟が発せられる時の状況、例えば、散歩に行く時は玄関に向かいながらアクセントが強く、低い声で呼ばれた時は叱られる、ひときわ甲高い声の時はオヤツが出てくる……といったように。犬は人間の行う些細な特徴をつぶさに観察し、それらを複雑に絡めながら覚え込んでいるのである。もちろん、呼ばれて振り向く中には当てずっぽうもたくさんあるはずだ。しかし、そこが犬のかわいいところである。呼ばれることが生き甲斐のように、とにかく人間に気を遣って従いたがる。このような動物は、おそらく犬をおいて他にはいないだろう。

誤解の無いように付け加えておくと、確かに犬は、学習によって言語や数字の概念を理解しているように見える。しかし、元来このような概念的認識は犬が最も苦手としていることであり、脳の構造からしてもこれは明らかである。さらにいえば、人間のマネが出来ることが犬の頭の良さでは決してない。犬は犬として輝いていることの方が大切なのである。

では、犬に話しかけても意味がないのかといえば、それがとんでもない。

（二〇〇七年三月）

人と犬のコミュニケーション

前節で、犬は人間の言葉を「音」として捉えていると説明した。では言葉を持たない犬に、人間の言葉をいくら語りかけても意味が無いじゃないかと思われるかもしれないが、決してそのようなことはない。

よく、母親が赤ちゃんに一生懸命話しかける姿をみかけるが、まさか赤ちゃんに言葉が通じていると思ってやってるわけではないだろう。犬に話しかけることはこれとよく似ていて、言葉の意味が通じることよりも話しかけること自体に意味がある。ここで間違って欲しくないのは、決して犬を擬人化しようというのではない。赤ちゃんであれば、このことでやがて言葉がしゃべれるようになるだろうが、犬はどんなに頑張っても永遠に人の言葉を話さない。それでもどうして意味があるのか？　実は人間の脳内には（おそらく犬の脳内にも）驚くべき神経細胞が存在していて、犬と人間とのコミュニケーションにはまだまだ未知の可能性があるからなのだ。

この細胞は「ミラー・ニューロン（鏡の神経細胞）」と呼ばれ、一九九〇年代初頭にサルの脳内で確認され、ヒトや犬など社会性の強い哺乳類には存在するだろうと考えられている。簡単に言えば、自分がある動作を行う時にも、他人が行うその動作を見る時にも、同じ神経細胞が活動するというのだ。

例えば、母親が舌を出すと赤ちゃんが同じように舌を出す行動はよく知られているが、これをまだ知恵もついていない赤ちゃんが、意識して母親の真似をしたと考えるのは論理的でない。実は、母親の〝舌を出す〟行為そのものが赤ちゃんの目に映った瞬間に、鏡に写るように赤ちゃんの脳内の〝舌を出す神経細胞〟を活動させ、結果、赤ちゃんの舌が出てしまったと考えられるのだ。このことを私は「直接達する」＝「直達」と呼んでいる。そして人間と犬の間での「直達」は十分あり得ると考えているのだ。

言葉の意味が問題なのではなく、「語りかける」ことが大切なのだ。それによって人から犬へ「直達」が成り立つかもしれない。犬に何が伝わるのかは誰にも分からない。しかし時間をかけて気長に取り組めば、最低でも〝真剣さ〟は伝わるだろう。自分に何を伝えようとしているのだろうと〝考える〟力も養えるかも知れない。

ただここで注意したいのは「言葉で脳や感情を刺激する」という目的論的な考えや、条件反射的しつけ法とは異なるものだということだ。投げかけた膨大な言葉や動作の中の、何がどう伝わっているのかを冷静に自分で観察することだ。犬を馬鹿にしてはいけない。ひょっとしたら犬にはとんでもない能力があって、人間の考えの遥かに及ばないところまでも気がついてしまっているのかも知れない。擬人化するなと言うのはそういう意味もある。直達をベースに、犬と人の両者で豊かな関係を築くこと。これこそが犬と暮らす本当の面白さであり醍醐味なのではないのだろうか。

次節はもう一つのコミュニケーションである「触覚」のシステムについてお話ししよう。

（二〇〇七年四月）

「触覚」で作る、人と犬の絆

言葉を持たない犬たちと人間ができる最高のコミュニケーションといえば〝触れ合い〟だろう。ここでは、人間を含めた哺乳類が持つ「触覚」について少しだけ科学的にみて、触れ合うことでもたらされる〝人と犬の絆〟について考えてみよう。

そもそも、「触覚」とは〝柔らかい〟〝ザラザラしている〟など、その感じ方を「言葉」として置き換えることのできる感覚だと思えばわかりやすい。同じ皮膚感覚でも、「温痛覚」と呼ばれる〝熱い〟〝痛い〟といったものとは元々次元が異なるものである。そして、この「触覚」は、大脳が発達している人間や犬といった哺乳類にしか与えられていない感覚なのである。

そのメカニズムを簡単に説明すると、温痛覚は反射的な感覚であり、呼吸などの生命維持を司る器官である古代脳（脳幹）によって感知される。それに対し、触覚は「大脳」や「大脳皮質」でその多くが認識されている。大脳は、喜怒哀楽などの感情が生まれるところで、ここで認識される感覚を〝言葉〟に表現しやすいのはそのためでもある。大脳は、人間では特に大きく発達しているが、犬やその他の哺乳類でももちろん発達している。だからこそ、〝触れ合い〟

は哺乳類、ひいては人と犬の間においては重要なのである。

人間の親子の関係もまずは〝触れ合い〟から始まるように、哺乳類の体は、授乳など子育て中に親と子が直接触れ合う部分は特に敏感になっている。例えば、通常感覚の鈍る冷たい水の中で暮らすクジラでさえも、唇にはたくさんの神経が通っていて敏感であると同時に、柔らかくて温かい。ワニなどの例外を除けば子育てすらしない、古代脳しか持ち合わせない爬虫類と比べると、その違いもよくわかるだろう。

言葉も通じない異なる生き物同士の関係作りにおいても触れ合いによるコミュニケーションは有効だ。特に社会性にも優れている犬の場合、子犬の頃から頻繁に触れ合うことで、ほぼ親子に近い関係が築けるはずである。私の飼っている猫でさえも、私のことを母親と間違えているようで、三歳になるというのに、未だに私の腕を前足で踏みながら乳を吸う真似をする。

言葉によってコミュニケーションのとれない生き物同士が、親子のように深い絆で結ばれるとしたら楽しいことだ。人間の脳は余計なことを考えすぎる傾向のため、犬のように、ただ相手と向き合うことで絆を深めようとすることが難しい。同時に、犬と人間、異なる生き物同士が触れ合うということは、人間のまやかしなどが通用しない分、犬は飼い主の本心までを見透しているのかも知れない。犬の五感とはそれほど優れているものなのである。人は犬と暮らすことでさまざまなことを学ぶ。自分という生き物を見つめ直す機会にも恵まれることだろう。

犬を飼うということは誰のためでもない、自分自身のためである。初めて犬を飼えば、右も左もわからないだろう。その時、大方は人に相談したり本屋に走るのだろうが、マニュアルだけに頼るのでは誰のために犬を飼うのかわからない。最近では行動学などの「科学」を基にしたものもあるが、科学はあくまでも〝客観〟だ。客観的な視野で犬を捉えることは大切だが、それも触れ合うという原点、純粋に犬を愛するという〝主観〟があってこそ成り立つ。「客観」と「主観」という両輪が揃うことで、人間も犬も幸せになれるのだ。

まずは相手をしっかりと見つめ、信頼することで犬に負けないくらい五感を磨くことだ。そうすることで、あなたにとって犬は、人生最大の伴侶になってくれるはずだ。

（二〇〇七年五月）

得手勝手

昨日は机の上に乗ろうとして、身構えたが、ダメ。思い直して、もう一回、身構えてみるが、自信がないらしい。三度目、やっぱりダメ。机の表面がツルツルだから、爪がかからない。それは経験上でわかっているらしい。

そうなったら、答えは明らかである。後ろを向いて、私の顔を見る。「なんとかして頂戴」。わかったよ、と私が椅子から立ち上がって、マルを持ち上げてやる。

外に出ようと思うが、玄関の開き戸が閉まっている。自分で開けられるのだが、後ろで私が見ているのがわかっている。だから後ろを向いて、合図する。「開けて頂戴」。だから私が開ける。

書斎にドアがあって、書庫に通じている。これは自分では開けられない。だからガラスを爪でガリガリやる。やりながら、ニャアとわめく。たちまち私が飛んでいって、開けてやる。同じ書斎に小さい窓があって、外に暖房の室外機がある。その上に乗って、あたりを見ているのが習慣になっている。そこから部屋に戻るときには、窓のガラスを引っかく。その音が聞こえると、私は窓を開ける。「開け、ゴマ」である。

朝は起こしに来る。ベッドに乗る。頑張って寝ていると、ついに顔をなめる。もう寝ていられない。起きて、エサをやる。

こういう飼い主はいけない。徹底的にネコを甘やかす。でもネコってのは、甘やかされると、スポイルされるのだろうか。どうもそうは思えない。自分でもできるのだが、もっと楽な方法があれば、それを採用する。そこが堂に入っている。生存戦略がじつに優れているのである。

いつもそれを学ぼうと思うのだが、人間社会でもつい同じことをする。ネコに奉仕するのと同じように、他人に奉仕する。相手がネコだと、それが極端になるだけである。だから子どもの育て方を誤った。上手に叱れない。上手に訓練できない。なにより訓練された姿が嫌いである。だからイヌを好かない。お座りといわれて、ちゃんと座る。それを可愛いと思えば可愛いのだが、「なにがお座りだ」といって、あっちに行ってしまうイヌがいたら、それも気持ちがいいなあと思う。それがネコである。

たぶん自分は得手勝手な性格なのである。好きなようにしたい。でも世間ではそうはいかない。だから代償的にネコにそういう世界を与えてやる。徹底的に勝手にさせる。そうすることで、世間での自分の生き方にバランスを回復する。だからネコが好きにしていると、気持ちがいい。

たぶん私は社会的不適応なのである。好きにしたいなんて思うのは、すでに不適応に決まっている。なにもそれほどまで我を張る必要はない。周囲に合わせりゃいい。だから合わせるのだが、「合わせている」意識がいつでも残る。それで疲れる。そのくらいなら、合わせなきゃいい。ネコになればいい。それがなれない。

ネコに自分を投影して、それでニコニコしている。しょうもない。そこが大人でないと思いながら、そうし続ける。世間のネコ好きには、そういう人が多いのではないか。そう疑う。まあ、人はさまざま、それぞれの好き方があるのかもしれない。ともあれネコを見ていると、気持ちが和む。人徳というのがあるが、ネコは生まれつきにネコ徳を持っている。

ああ、アホらしい。マルのために窓を開けながら、そう思う。そう思うけれど、身体が勝手に動く。たぶんどちらか、死ぬまでこれを続けるに違いない。私が先立ったら、マルにわかるだろうか。近頃いささか不便だなあ。そう思う程度に違いない。

（二〇〇九年八月）

ネコ

動物が好きで、テレビで動物の番組があると、つい見てしまう。でも飼っているのはネコだけ。ネコは手がかからないのがなにより。

以前はイヌもサルも、研究用にはトガリネズミまで飼った。でもネコがいちばん手がかからない。ただし、エサはいちおうやらなければならない。研究室なら自動給餌装置というのがあるが、そこまで手を抜くこともない。

いまいるネコのマルは、体重が七キロ以上ある。ときどき私の足元に来て、わめく。なぜかニャアといわず、しわがれ声でギャアという。ニャアともいえるのだが、食事の催促の時は、変な声を出す。以前はたしかニャアニャアいっていたはずだが、いつの間にかギャアになった。そのほうが効果的だと学習したのかもしれない。

昨年は対談本『ねこバカ　いぬバカ』（小学館）を出した。対談のお相手は「ガンと闘わない」近藤誠先生である。近藤先生が愛犬を連れてこられたが、体重三・五キロ、うちのマルの半分しかない。どちらがネコで、どちらがイヌか、よくわからない。どうだ、大きいだろう、そう自慢に思っていたら、ある時タクシーの運転手さんがいきなりケータイの待ち受け画面を出して見せてくれた。ネコ好きの人で、うちのマルのことも知っているらしい。「どうです」という。運転手さんがネコを抱いている写真だが、頭が飼い主の顔の位置にあって、肢の先が飼い主の膝まで届いている。「十三キロ」。どうだ、参ったか。参りました。とてもネコとは思えません。

まあ、イヌにもずいぶん大小があるのだから、ネコにもあって不思議はない。それにしてもデカイなあ。ヤマネコとか、ヒョウの類じゃないのか。以前アメリカだかブラジルだかで、爺さんが飼っていたイヌがどんどん大きくなった。結局はイヌではなく、クマだと判明したらしい。幸い、うちのマルは約七キロで止まっている。

私は昆虫採集が趣味で、標本をたくさん持っている。何匹持ってますか、と訊く人があるが、数えたことがないから、わからない。「たくさん」というしかない。それと同時によく訊かれることがある。こっちの小さいのは、もしかして子どもですか。

アノですね、虫には完全変態と不完全変態がありましてね、と説明を始めなければならない。何回かやって、もう嫌になった。だから最近は説明なんかしない。「そうかもしれませんねえ」といっておく。カの子どもはボウフラだよ。カブトムシのこどもはでっかいウジ。チョウの子どもはイモムシ、ケムシ。小さくたって、大きくたって、成虫は成虫、幼虫は幼虫なの。

ネコは飼うけど、虫は飼わない。ときどき必要があって、生態を調べるために飼おうかと思うことがある。でも思うだけ。根が怠け者で、こまめに面倒を見られない。意識して面倒を見ようとすると、あれこれ考えすぎて、育児ノイローゼになる。

その点では、ネコはちょうどいい。べつに特別に面倒を見る必要はない。トガリネズミを飼ったときは、生餌しか食べないから、大変だった。東大構内の三四郎池から、毎日ミミズを掘ってきて食べさせる。落ち葉をひっくり返せば、大きいのがたいてい見つかる。でもミミズだけ食べさせておくと、一週間目には食べなくなる。一日に自分の体重の半分は食べるという動物だから、エサが切れるとすぐに死ぬ。だからバッタを追いかけたり、ゴキブリを探したり、あれこれ面倒だった。

ネコしか飼わない理由はもう一つある。動物を飼ってしばらくすると、情が移る。現役のころは、おかげで実験動物を殺し損ねたことがあった。飼い殺しになってしまう。だからむしろ野生動物を材料にするようになった。情が移らないうちに処分する。虫だって同じだから、うっかり飼えない。家中が虫だらけになるのは目に見えている。私はかまわないが、家内に叱られる。

マルもいずれ死ぬ。私もやがて八十歳だから、いまや競争関係に入っている。マルの方はあんまり意識していないみたいですけどね。ひたすら餌をくれ、というだけである。

（二〇一六年四月）

ネコの椅子

長年椅子に座ってきた。いま座っている仕事用の椅子は、知り合いの大工さんが作ってくれた木の椅子である。硬いから上に座布団の小さいのを載せてある。ネコがそれが気に入っているらしく、時々そこに座ってしまう。私は座っている猫を排除しない。つまり徹底的に甘やかす。だからネコに椅子をとられると、隣に丸椅子を持ってきて、そちらに座る。自分の椅子はネコに譲る。つまり私の椅子はネコの椅子でもある。

箱根に虫のための家があって、そちらにも仕事用の椅子がある。この家は家内の茶室を除くと洋間なので、椅子はじつは何脚もある。でも仕事に使うのは一つ、これは箱根の家を建てた時に、娘と一緒に買いに行った椅子である。結構な値段だったが、おかげでじつはいちばん楽だから、気に入ってずっと使っている。

どういう椅子がいいのかというと、行儀悪く座っても大丈夫な椅子である。うっかり背もたれに寄りかかると、椅子が壊れるとか、ひっくり返るとかいうのは、論外である。椅子の上に乗って、どういう格好をしても大丈夫というのが理想的。ただし今使っている椅子は脚に車が付いている。あるとき家内がこれに乗って、雨戸を閉めようとして椅子に逃げられ、尻餅をついて腰椎を圧迫骨折した。これは椅子が悪いのではない。乗った方がいけない。

要するに椅子にはいつもお世話になっている。でも私は誕生日が来ると八十歳である。ここまで来ると気が付く。畳の上で、ちゃぶ台で作業をすると、楽なのである。たとえば虫の標本箱を洋風の机の上に置く。これが床に落ちたら、大変なことになる。しかも机の面積は限られているので、たくさんの箱はおけない。他方、ちゃぶ台の上に置いて、箱が畳に落ちたとしても、大したことはない。それに初めから畳の上に置いても、机の上に置くのとさしたる変わりはない。座敷中に箱が広げられる。それで気が付いた。和風の座敷というのは、手作業にじつに向いているんだな、ということである。

先日、ある講演会で、たまたま出席者に家に和室があるかどうか、尋ねたら、ほとんどの人の答えが和室が一つだけ、というものだった。和室なんかない、という人もあった。要するに現代の日本人は家で手作業をしないのですなあ。道理でコンピュータがいずれヒトを置き換える、という話になるわけでしょうね。

椅子はなくては困るのだけれど、あまりそればかりでも困りますね。日本の暮らしの良いところは折衷主義である。洋間もほどほど、和室もほどほど、ちょうどいい塩梅がありそうだけど、どうでしょうかね。

（二〇一七年六月）

ネコと虫と

あれこれ仕事はしているが、それは世間のお付き合い。さすがに後期高齢者の年齢になると、自分だけの人生で終わりたい気もする。でも若いときには好き勝手、十分に世間にご奉公しなかったためか、歳をとってからも働かなければならない。

じゃあ自分の人生はというと、まず虫捕り。後生を思えば、いい加減に殺生はやめなさいという声が聞こえるが、子どもの頃に誘蛾灯にイヤというほど入っていたスジゲンゴロウがもう絶滅種である。私が殺さなくたって、どうせ虫は死に絶えるわ。

もう一つはネコ。近頃はネコ好きが多い。私はもともととくに好きなわけではなかった。ただ姉がネコ好きだったから、家にはいつもネコがいた。元来動物は好きだから、それが習慣になって、いまでもネコがいる。巨大なネコで、あまりネコらしくない。わが家はほとんど寺の境内だが、女房が山門の前で車を待っていたら、タヌキが通ったけど、大きなタヌキで、ウチのネコくらいあった。そういっていた。

思えば人生の最後が虫とネコ、なんとも人間嫌いではないか。たまたま元新聞社勤めの偉い人の本を読んだら、人事と制度の話だけ。それがどうした。だって、花鳥風月がないじゃあありませんか。中学生のときに、いじめられた話を、十年後に書いた人がいた。この本がまったく同じだった。人のことだけ。花鳥風月は薬にしたくてもない。べつに下手な俳句や和歌を詠めとはいわない。でも人ではない世界があることを、そろそろいわなきゃならなくなったかと思う。

亡くなった丸谷才一の『文章読本』(中公文庫)に、ちゃぶ台の上で遊んでいる雀を描写した井伏鱒二の文章が引用されている。これはたしかに凄い。べつにそんな大げさな形容詞を使わなくたっていいが、面倒くさいからそう書く。なんのことはない、飼っていた雀が遊んでいるだけなのに、たぶん五ページ近くあったと思う。いまならユーチューブで見てくれ、でお終い。そりゃ現代人は言語能力が退化するわな。

色紙を頼まれると、「別有天地非人間」と書くことにしている。別ニ天地有リ、人間ニ非ズ。「人間」はジンカンで、ニンゲンではない。李白が山中に閑居して詠んだ。唐の時代には、中国人はすでに「別に天地がある、それは世間とは違うよ」と詠嘆している。つまり人の世だけが天地だと思っていたのである。いまの日本もどうやらそうなったか。

自然というい方をすれば、そういうことだが、あまりそういいたくない。言葉に手垢がつき過ぎた。要するに意識にないもののことである。身体もそうである。だから身体は自然でしょ、とわざわざいわなきゃならない。意識しない、意識できないものを、まとめて上手に呼ぶ表現がない。

しかもいわゆる自然も、身体も、部分的にははっきり意識されている。そこがむしろ問題。意識は自分がすべてだと思う癖があるからである。自分が意識している身体なんて氷山の一角、神経内科医のラマチャンドランはそれを「脳の中の幽霊」と表現した。そもそも意識自体が「人という氷山」の一角である。一日に何度か無くなって、無くなっているよ、という「意識」も無いくせに、意識は俺がすべてだと威張る。お前がいないときは、どこに行ってんだよ。たまにはそれを尋ねてみてはいかが。

こういうものを無意識と表現してもいいが、無は限定詞になるようで、ならない。だって「無い」んだから、正体がわからなくなって当然である。数学でいえば、数をゼロで割るようなもの。ゼロじゃあ割れないから、答は無限だという。わかったようなわからないような。

昨年、数学研究者の森田真生君に、「脳は有限なのに、なぜ数学者は無限を考えられるのか」とアホなことを訊いた。そうしたら、今年になって、一時間以上かけて、初心者にわかるように、ていねいに説明をしてくれた。感激しました。質問から解答までずいぶん時間があったけど、選挙の日程じゃあるまいし、期限を切って答えてもらうような質問ではない。森田君の解答を書いてもどうせわかんないだろうが（私だってわかんないんだから）、要するに右の無の話に似ているのである。

そういえば、「無限」にも「無」が入っているよなあ。無為にして化す。これは老子だったと思うが、いったいどういう意味だ。言葉は昔から知っているけど、意味がよくわからない。でも私も歳をとったから、まもなく無為にして化すのか。要するにやってもやらなくても、生きても死んでも、同じことだろうが、ということか。理由がなく生まれたんだから、理由なく生きて、理由なく死ぬ。

話が無まで来て草臥(くたび)れたから、ネコを見にいった。やっぱり寝ている。昨日私が寝るときには、もう寝床の上で寝ていた。私のほうが遠慮して、布団の隅で寝た。一晩中寝てやがって、女房が京都に行くといって早起きしたら、一緒に起きて朝食をもらっていた。私も一緒に起きて、同じく朝食をもらって、原稿を書いて、草臥れたからと見に行ったら、やっぱりもう寝ていた。

決めた。世間はどうでもいい。俺はネコになる。

(二〇一三年一月)

教育

時代がどう変わっても、教育が「身につける」ものであることに変わりはない。
身につかないものは、いくら教育してもムダになる。

――「孫」

ヤケクソ教育論

教育に関する議論が盛んである。もっともいつも盛んだったのかもしれない。こういう議論は、おおかたは不毛だという感じがする。子どもを教育するのが仕事なのだから、「その仕事について論じる」のは教育ではない。高尚な議論を読むたびに、お前やってみな、といいたくなる。

この意見が嫌われることを、私はよく知っている。大学で解剖を教えたが、解剖のためには死体がいる。死体を引き取りに行くのはだれの仕事か、若い頃には、何日も何時間も議論したことがある。面倒くさいから、私が行くと決めたが、それは助教授になってからだった。助手や大学院のときは、管理職ではない。そういう身分で、自分が引き取りに行きますというと、上の人にゴマをするのかといわれる。世の中はなかなか面倒である。

他方、管理職が現場に行ってしまうと、それは管理職の仕事じゃないだろうが、といわれてしまう。私はヘソ曲がりだから、聞こえないフリをした。いざとなったら、現場をやるしかない。教育だって、同じである。ブツブツいうなら、自分でやるしかないのである。

教育はこうあるべきだという人は、たいていは教育に携わらない人である。文部科学省のお役人も典型であろう。そういう人の意見も岡目八目と思えば重要だが、それでものごとが決まるのは変である。それなら現場がしっかりしなければならない。そこに不安があるのが現代社会である。えらい人は管理職になってしまうからである。教育が本当に大切なら、えらい人が現場にいるはずだが、そういう人を出世させてしまうと、現場にえらい人がいなくなる。いま現代社会で起こっている問題の一つは、それであろう。身分制ならそれはない。

もう一つ、ある。教育には日常と、学校とがある。その二つが分業するのが理想だが、そこが不明瞭になっている。学校は学業を教えるのが本来だが、日常が手抜きになる時代に、学校はなにを教えたらいいのか。大学で「困った」学生をたくさん見てきたが、私が働いていたのは、日本中でもっとも秀才の集まる大学だった。それでも「ちゃんと」困った学生はいる。東大の医学部に入るくらいだから学業には問題がない。学校が学業を教えるのだとしたら、学校はちゃんと義務を果たしている。しかし医学生としては使いものにならない。医者になったら、どうなるんだ。そういう学生がいる。現にオウム真理教の信者になったり、手術で患者さんを間違えたりしているではないか。それを学校教育で補えるのか。

当たり前だが、教育とは、つまりは社会問題である。社会の問題は、どこか一箇所をいじれば済むというものではない。だから話は単純ではない。単純でない話は、俗受けしない。古稀に近づくまで生きてくれれば、それはほとんどわかりきったことである。教育を論じる人に、教育とは面倒なものなんですよと、説教をしなければならない。その説教の暇があったら、現場でガキを怒鳴るほうが先じゃないか。そういう思いがいつもある。

いまの子どもに不足しているものはなにか。大人と同じ社会に住んでいるんだから大人と同じに決まっている。つまりは現場体験である。子どもも、学校の勉強をする前に、勉強とはどうあるべきか、それを考えているんじゃないか。そんな気さえしてしまう。

じゃあ、どうすればいいんですか。ほとんどそんな声が聞こえそうである。教育は論ではなく、現場に決まっている。まず先生方がそう思うことであろう。意識はつねに後知恵だということは、脳科学でもわかっていることである。現場で格闘する以外の、どこに教育があるというのか。あとは雑音で、たまには岡目八目の意見を聞けばいいのである。私は保育園の子どもの面倒しかみない。大学生なんか、もうコリゴリである。

（二〇〇六年三月）

見ること

小さい生徒を教えたことがないので、小学校でなにを教えるのか、実は皆目わからない。でも小学生の成れの果て、大学生なら、いまでもお付き合いがある。まだときどき講義をするからである。

学校教育の挙句の果て、つまり大学生を見ていて思う。もちろん人にもよるだろうが、いまの子どもは、自然のモノを自分の目で見たことがあるだろうかと慨嘆する。なにか珍しいものを見ると、子どもはじっと注目する。自分のことで恐縮だが、幼稚園のころ、家の前で犬の糞をずっと見ていたことがある。実は虫を見ていたのだが、母親はそれを糞を見ていると理解した。それで私を、本気で心配していたのである。だから小学校に入る寸前、知能検査に連れて行かれた。

教訓というわけではないが、子どもがなにかに注目しているとき、それを感じてやれる親は、あまりいないのではないか。なぜなら親は世間に漬かって暮しているからである。先生もそうであろう。子どもの世界を残している大人が少ないことは、しばしば感じることである。子どもには子どもの世界があって、それがやがて大人の世界と折り合っていくのだが、折り合う以前の世界を残すことは、不可能ではない。

絶対音感がそうである。私が子どもの頃には、絶対音感は子どものときから「訓練しなければ、つかない」といわれていた。実はそうではない。動物は絶対音感なのである。ヒトの子どもはおそらく絶対音感と相対音感の両方の能力を持っている。大人に近づくにつれて言語が発達すると、おそらく相対音感だけが発達していくのである。音の高さを絶対として捉えてしまうと、当然ながら、言葉を聞くことの妨げになる。例えば女性の言葉と男性の言葉が違って聞こえるはずだからである。

絶対音感は、一つの例に過ぎない。脳の機能はまだ十分には知られていない。子どもの能力に大人を超えるものがあっても、大人はしばしば気づかない。そこに暗黙の感受性がない人が、教師や親をやっている可能性は高い。大人の世界に適応性が高い、つまり大人の世界で通用するということは、子どもの世界と矛盾する場合があるはずなのである。子どもはいずれ大人になる。だから大した心配は要らないが、それでも教育者が子どもの能力を殺す可能性は高いと、私は思う。

モノを見ることができない大学生を見ていると、どこで「見る」能力を殺されたのか、それを私は疑う。見ることは人の自然で、だれだってできるはずなのである。テレビで「なんでも鑑定団」を見ているとそう思う。本当に好きなら、だれでも鑑定家になれる。それを殺すのはだれか。犯人の追及は容易ではない。

子どもを扱うには、ある面で、自分が子どもでなければならない。それは世間と矛盾することも多いであろう。本当の先生はやはり大変なのである。

（二〇〇六年三月）

人生をよく理解しているプーくまは大人だ

「プーくま」(「くまのプーさん」)とぼくらは呼んでいたが、いったい、いつごろ読んだのだろうか。たぶん中学生くらいのことだろうと思う。「ドリトル先生」なんかと、同じ時期だったはずである。「プーくま」ということばは、すぐに会話の一部になった。いまは本が多いから、そもそもそういう状況が成り立たないんじゃなかろうか。

むずかしくいうなら古典、共通の教養、そういうものが子どもにもあった。もちろん子どもにもよるだろうが、いうなれば子どものインテリである。プーくまのたくまざるトボケようが、思春期には楽しい教訓だった。トボケはかなり甲羅を経ないとできない。そういう感じがしていた。子どもは大人に上手にトボケられるのが大好きである。

よく思うことだが、現代ではトボケがなくなった。私も老人になったが、トボケにくい時代だとしみじみ思う。「ト」が取れてしまう人も多いからであろう。そんなこと、カッカしなくたって、おたがいにわかり切っているじゃないか。それがなかなか通じない。そんな気がする。ヤボになったといってもいい。当たり前のことをいわせて、鬼の首でも取ったようにメディアが騒ぐ。

政治家を見てもそう思う。要するにマジメ一方で、他方がない。実際にものごとを自分で動かしてみればわかる。多少アバウトでなければ、動かない。その点でいちばん困るのがお金である。一銭一厘まできちんと計算できるからである。人間万事金の世の中、金でできないことはないと人々が思う世界では、ものごとは細部まで割り切れるはずだと思い込む人が増える。それではプーくまの話は売れませんわ。わかってんだか、わかってないんだか、よくわからない。そこで終わっていいのが人生だが、きちんとわかるはずだと信じ込む人が多いのである。

イギリス人はその点では大人である。少なくとも個人の行動についていうなら、自身の原則に従って、きちんと行動するのに慣れている。日本人は集団行動はできるが、個人の行動はかならずしも上手ではない。プーくまを読むと、著者は大人だなあと思う。こう書くと、どこがですか、とかならず訊かれる。説明されればわかるはずだ。そう信じて疑わない。心になんとなく沁みこんでいく。そういうわかり方があろうとは、夢にも思っていない。あるいはそれを待つ辛抱がない。というより、沁みこむ以前に、あれこれ忙しいから、なにもかも忘れてしまうのであろう。

だから大人が子どもに語って聞かせる物語が大切なのである。子どもには沁みこむ余裕があるからである。その意味ですばらしい物語はイギリスに妙に多い。イギリス人はあまり芸術的な国民という感じはしない。でも人生をよく理解している。そんな気がしてならない。感動的な物語なら、日本にも多い。佐野洋子さんのネコの話（『100万回生きたねこ』講談社）なんか、抜群である。大人が読んで感動している。でもプーくまみたいな人生の教え方が少ない。人生に対する客観性が弱いというべきか、どこまでも特攻隊になりやすいのである。

老人になったいまでも、イギリスのファンタジーを私はよく読む。これもプーくまと似たようなものである。アングロ・サクソンは見ようによってはイヤなやつらだが、個人の行動についていうなら、私はいつも教えられる。実際の局面でもそうだった。こちらが迷っているときでも、正しいことなら、後ろから押してくれる。

先日ロンドンの自然史博物館に行った。そこの学芸員がパリの博物館に連絡して、昔の貴重な標本を借りてくれた。ところがその標本を解剖しないと、当面の問題が解けない。標本を勝手に壊していいのか。迷っていると、私よりずっと若い人が、解剖しろという。でもさあ、というと、やれ、やらなきゃダメ、という。いわれてみればそうだから、解剖した。おかげでみごとに解答を得た。結局は現実的、しっかりしているのである。

プーくまのどこがしっかりしているか、自分で読んでみればいい。そのかわりホラー映画を見ていると、イライラする。一人で行かなきゃいいのに、という場面で、かならず単独行動をする。日本人なら絶対にそんなことはしない。こうした行動のパタンは、どちらにしても硬くなりやすいと見える。

ともあれ歳をとると、若者の世界を見て、疲れるなあと思うようになる。そうなると、ひとりでに幼時に戻っていく。保育園の子どもくらいが、相手にするにはちょうどいい。だからいまではおそらく、プーくまくらいがちょうどいいのであろう。

（二〇〇六年七月）

母子関係

親子の問題を考えさせられるたびに、医学・生物学を学んだものとして、思うことがある。「考える」のはヒトの意識という、脳の働きで、それはいつできたのか、ということである。言葉を使うというような、動物のなかではヒトに特有の意識が生じたのは、およそ数万年前だと思われる。古くとも二十万年を超えることはない。

では、親子関係はいつ生じたのか。それよりはるか昔であろう。動物にだって、親子はあるからである。数億年といっても、過言ではなかろう。その数億年の歴史をもつ親子関係を、たかだか数万年前に生まれた意識があれこれいう。いうどころか、こうするのが「正しい」とすら、信じこむ。そんな話が実は成り立つはずがない。そう私は思う。

歳をとるにつれて、私はヒトの意識を信じなくなってきたような気がする。ボケてくるから当然だ。そういうこともあると思うが、疑いは以前からあったのだから、それだけが理由ではなかろう。結論は何か。あまり考えてもムダだよ、ということである。

（二〇〇六年七月）

孫

孫はかわいい。これはあたりまえのことである。「責任がないからだ」とよくいう。でも子育てに責任があるかというと、難しいことになる。親のつもりと子どもの育ちは、必ずしも一致しない。そんなことは、親ならたいていは経験しているはずである。

子どもを甘やかしてはいけない。これは一時代前の常識だが、いまは甘やかさなくてはいけないという。それも常識だろうが、それでは困る。なぜ甘やかさないかというと、自分の力で生きていかなくてはならなくなったとき、それでは困るからだ。

しかし福祉がつねに話題になる時代、「自分の力で生きていく」とは、どういうことなのだろうか。社会がここまで組織化されたときに、自分の力で生きているといえる人がどれだけあるだろうか。一九五五年段階で就業人口の四割は第一次産業に従事していた。現在では四パーセント。十分の一になった。一次産業に従事とは、自営することである。同じ自営でも商店街も日本じゅうで寂れた。「自分で生きる」ことの意味がこのように具体的に変化した現在、「子どもにどういう力をつけるか」を真剣に考えるべきだ。

他人に聞くべきことではない。私ならどうするか。野山を走らせる。からだを使って作業をさせる。だから子どもたちを集めて、虫とりに行く。たかだかそんなところか。時代がどう変わっても、教育が「身につける」ものであることに変わりはない。身につかないものは、いくら教育してもムダになる。

孫も三歳になった。そろそろ虫とりに連れて歩こうかと思っている。

（二〇一〇年十一月）

いちばん大切なこと

日本の未来は、見ようによってはきわめてはっきりしている。たとえば人口だが、今後二十年間は高齢化社会が続くことは間違いない。

いまの赤ちゃんたちが成人に達するころには、その問題は実は解決に向かっている。いちばん人口の多い、いわゆる団塊の世代がほぼ平均寿命に達するからである。早い話が、死んでいなくなる。

それと同時に、いま急速に発展している中国が、現在の日本と似た問題を抱えることになる。つまり日本の隣に巨大な高齢化社会が出現する。もちろんひとりっ子政策のおかげである。時代はどんどん変化するように見える。でも人口のように、どうしようもないことに目をつけてみると、未来はあんがい読みやすい。さらにそのころには、石油をはじめとするさまざまな天然資源の枯渇が明瞭になるはずである。

そういうことを考えると、いまの社会を前提にして、子育てで細かいことを考えても、たぶん意味がないとわかる。社会の何が、どう変化するか、とうてい読みきれないからである。

人間に必要なものとは何か。そうした基本的なことを考えるのが、いちばんすぐれた子育てなのだろうと思う。

（二〇一一年三月）

教育に大切なもの

大学での教育を教育というのであれば、ここ三十年近く関わってきた。しかし、大学ではいまさらどうしようもない。そういう思いを何度もしてきた。

それなら低学年の教育をしっかりすればいいか。同じことであろう。なぜなら、問題は親だからである。具体的な例を挙げれば、際限がない。

じゃあ、どうすればいいか。まず大人が変わっていくことであろう。それは教育というより、個人の決意である。大人にはいまさら教育でもないからである。成人教育という名称はあるが、なにも知識をつけたって仕方がない。そんなものは、テレビを見、インターネットを使えば、いくらでも手に入る。いったい自分はなんのために生きているか、なにをしようとしているのか、それが大人にわかっていなくて、どうして子どもの教育ができるのだろうか。

人生の目的なんて、わかるか。むろん、わかりはすまい。しかしそれを最後まで追求していく。その気持ちさえあれば、答えは要らない。いま探しています、で済む。それが人生を生み出す。真理もそうである。真理そのものが手に入るはずがない。しかしそれをあくまで追っていく。それが学問を生み出す。生きているとは、そういうことであろう。

子どもはどこを見ているか。大人の真剣さを見ている。極言すれば、それだけである。人は馬鹿げたことにも、重大なことにも、真剣になる。しかし、真剣だということだけは子どもにもわかる。いつも真剣では気が抜けない。しかしときに真剣になる。それで十分であろう。なにに真剣になるか、それを価値観という。ここでも価値観とは、あらかじめ与えられているものではない。

人生の目的も宇宙の真理も、なにを相手に真剣になるかも、あらかじめ決まってはいない。教育に携わる人はいわばインテリで、インテリの欠点は「あらかじめ知ろうとする」ことである。人生の目的はこうなんだから、こうしなければいけない。それがわかれば、楽なものである。少し生きてみれば、そんなことはわかりきったことであろう。それでも人々はあくまで、「あらかじめ知ろうとする」。そうしない人をバカだと思っている。

巨人軍の長嶋茂雄名誉監督には、さまざまな逸話がある。私が好きな話をご紹介しよう。阪神に小山正明という名投手がいた。コントロールが良くて、ボールが手を離れた瞬間に、相手を三振にとったかどうか、わかったという。その小山がもっとも苦手としたのが、長嶋である。後年、小山が長嶋に尋ねたという。あんたにはさんざん打たれた。どうして打てたんだ、と。長嶋の答えは簡単だった。来た球をバットの芯に当てればいいのさ。

これほどわかりきったことでも、ふつうはできない。近代教育だって、もう百年単位で続けられてきた。どう教育するかなんて、わかりきったことであろう。来た球をバットの芯に当てればいいのである。それができないといって、あれこれ、いろいろ議論する。議論しても、球は打てない。打ってみるしかないのに、議論ばかりしているからである。

現代社会でそれをいうと、無責任だといわれる。こうすれば、こうなるはずだ。そう述べて、実際にそうならなければならない。そうでないと、無責任といわれる。医者も同じである。ああいう治療をすれば、こうなります。こういう治療をすれば、ああなります。それを懇切丁寧に説明しなければならない。これをインフォームド・コンセントという。患者は結局なにがなんだか、わからない。病気でつらいのに、考えることが増える。

これをやるなら、いまの自分に理解できることしか、やらないことになる。じつはそれは、なにかをしたことになっていない。ああすれば、こうなることが確実なのだから、やらなくたって結果はわかっているではないか。そういうことしかしていないから、なにも発展しない。生きていることにならない。

子どもは育つ。育つということは、変わっていくことである。大人だって、中学生のときになにを考えていたか、考えてみて欲しい。たくさんの考えが変わったはずである。自分が変わっていくこと、それを心得ず、やりもしない大人が、ひたすら育っていく、つまり変わっていく子どもを育てられるものか。だから大人の問題だと述べたのである。じつは育っていく子どもに学ぶことができるのが、教育の醍醐味である。大人が子どもを教育するのではない。じつは子どもが大人を教育している。つまりはおたがいさまなのだが、たぶんこう述べてもムダであろう。いまの大人は本気で子どもに学ぼうなんて思っているはずがないからである。

（二〇〇六年十二月）

子どもの明るい未来……どう考えるのか

ミヒャエル・エンデというドイツの作家に『モモ』（岩波書店）という作品がある。映画になった『ネバーエンディング・ストーリー』の作家だといえば、思い当たる人もいるかもしれない。

ある古い小さな町に、モモという得体の知れない少女が現れる。その子とたまたま言葉を交わした大人たちは、なぜか知らないが、幸せな気持ちになる。

ところがその町に黒い服を着て黒いカバンを持った、何人もの男たちが現れる。人々を説きつけて時間を節約しなさいという。節約した時間は、私たちの銀行に預けなさい。そうすれば、利子を付けて返してあげます。時間は有効に使わなければいけません。年老いたお母さんのために、週に二度、食事を共にする息子がいると、週に一度でいいじゃないですか、という。それで余った一回分の時間は、私たちに預けたらいい。

町の人々はつい契約をしてしまう。いったん契約すると、契約したこと自体を忘れてしまう。やがてなぜか、町の人たちはだんだん不幸になっていく。この男たちは、実は時間泥棒なのである。町の人々が不幸になっていくのを見たモモは、この男たちと戦うことを決心する。

エンデの奥さんは確か日本人で、モモという名前も日本語からとっているはずである。その日本人に時間泥棒と契約した人が増えたことにお気付きであろうか。黒い服を着て、黒いカバンを持った大勢の人々が、無言で粛々と歩いていくのを、見たことがないであろうか。

子どもの未来という言葉を見たり、聞いたりしたとき、具体的な未来、あの学校に入れてとか、ああいう職業に就けてとか、そういうことをお考えにならなかっただろうか。そういう人はたぶん、時間泥棒と契約した人である。もちろん、そんな契約をした覚えはないはずである。いったいこれは何の話なのか。子ども向けの童話の形をとっているから、難しい話のはずがない。でも多くの人が理解できない話だろうと私は思う。なぜなら大学生のころ、最初にこの話を読んだとき、私も内容がよく理解できなかったからである。私が大学生として学んでいたその時代、その時代こそが、エンデの描く時間泥棒の時代そのものになりつつあったからである。自分の生きている時代を客観的に見ることは、普通はできない。

時間には過去、現在、未来があると、だれでも知っている。では現在とはいつか。たった今、直ちに過去になっていく瞬間ではないか。過去は長々とあったし、未来はどこまで続くか、分からない。それなら瞬時に過ぎていく現在とは、いったいいつのことか。

長い過去、どこまで続くか分からない未来、それに比較したら、現在なんて、そんなものは、ありはしない。あったとしても、あっという間に過ぎ去ってしまう。でも私たちはいつも「現在」を意識している。それなら普通にいうところの、その「現在」とは、いったい何のことか。

それは手帳に書かれた予定、確定された未来のことである。確定された未来は、実は未来ではない。未来において、そうすることに決まっている以上は、その未来は現在を拘束するからである。明日講演の予定が決まっていれば、私はその時間をもはや「自由に」使うことは許されない。講演会場に行かざるを得ないのである。それなら明日の講演は、実質的に未来ではない。現在である。

明日のその時間のために、親しい友人がどんなにうれしい遊びの話をもってきても、私はそちらを選ぶことを普通はしない。できない。ただいま現在もって来られた話を、予定のために受け入れることができないのだから、予定は未来ではなく、その意味で現在なのである。だからこそ、現在は瞬間ではなく、意識がある限りいつでも普通に存在することになる。いまではだれだって予定をもち、手帳を持つからである。いったい人々が手帳を持ち出したのは、いつのころからであろうか。それをエンデは時間泥棒と呼んだ。豊かな内容をもつかもしれない不確定な未来、予定はそれを消してしまうからである。

そんなことを語ったのは、もう二十年も前のことである。そうした時間泥棒の被害を受けるのはだれか。子どもに決まっている。そう書いたこともある。なぜなら子どもが唯一もっている財産、それはまだ確定されていない未来、まだ手帳に書き込まれていない真の未来だからである。大人はおそらく善意からであろうが、それをひたすら消そうとする。その代わり「確実な」未来を子どもに与えようとする。それがまさか時間泥棒との契約のせいだなどとは、夢にも思ってはいるまい。

こう書きながら、私は分かってもらえないだろうな、とすでに思っている。分かる人には、はじめから分かっているだろうし、とも思う。「子どもの明るい未来」という題を見たときに、何だかしらけた人は、おそらく何かが「分かっている」人であるに違いないと思う。

それならなんにも予定がない人が幸福なのか。そう反論されるであろう。そうではない。大人は予定に拘束されて当然である。世間で生きなければならないからである。子どもはまだ世間の一員ではない。完全にはそうなっていない。むしろ自然の一部なのである。自然は人間の予定で動くのではない。自分の都合で動く。そんなことは分かりきったことである。それを無視して、子どもが人間の予定で動くと信じること、それがひいては時間泥棒を生む。その世界では子どもがなんだか不幸になっていく。それが大人になんとなく分かるから、子どもが減っていくのである。

数年前の新聞の調査だが、日本人の八割が、自分たちの子どもは自分が生きたより悪い時代を生きると信じているという結果が出たことがある。いま、それが変わったかどうか、私は知らない。でもある意味では、納得のいく結果だった。大人が未来を信じていないのだから、子どもの未来が信じられるはずがない。

じゃあ、お前のいう未来とはなんだ。だから確定されていない未来だといった。確定されていないということは、説明できないということである。いまの世間で「説明できない」といったら、それは「ない」と同じことになる。だって説明できないんだから、ないと同じではないか。いまはすべて言葉の世界なのである。言葉にならない以上は、ないと見なすしかない。だから確定されない未来は、ない未来である。そんな未来はだれも認めてくれない。うちの子は将来どうなるというんです？　分かりませんなあ。それでは親は満足しない。「分からない」ということがまさか子どもの財産だなんて、とても思えないのである。

あの孔子様ですら、「後世畏るべし、いずくんぞ来者の今にしかざるを知らん」と言った。後から生まれてきたものが、いまの人間より劣るなんて、だれに分かるだろうか、分かりはすまい。そういわれたのである。孔子は「知らん」といっているのですよ。じゃあ将来の人間は今より優れているのかといったら、「知らん」なのである。それが未来というものである。そうした未来を、本当にあなたは受け入れることができるだろうか。

逆に、現代人はなぜそれができないのだろうか。邪魔をするものが少なくとも二つある。そう私は思っている。一つは言葉中心の世界である。今風の表現をするなら情報化社会、私流の表現をすれば、意識中心の脳化社会といってもいい。会社なり何なり、組織の中で、若い人が「これこれこういうことをやりたいんですが」と上役に提案したとする。「やったらどうなる」。「やってみなきゃ分かりません」。こうした問答の結果は最初から明らかであろう。「顔を洗って出直して来い」。そうなるに決まっている。

今の社会は「確定した未来」しか信じないのである。つまり右に述べた現在しか信じていない。こうなると決まっていることしか、提案することはできない。「こうなるに決まっている」なら、やらなくたっていいじゃないか。そう私は思うのだが。

これを宗教の衰退のせいにする人もあろう。宗教は地獄、極楽という未来を説いた。そんなもの、本気で信じている人はほとんどいるまい。しかし現代人が過去の人たちより「頭が良くなった」保証なんかない。現代人は未来を信じず、現在しかもたなくなった。だから未来の象徴としての極楽と地獄が消えただけのことである。昔の人だって、本気で極楽と地獄を信じていたわけではなかろう。未来というものを、分かりやすく二つの極として描いて見せただけのことである。真の未来が実在する世界では、地獄と極楽に意味があった。それだけのことであろう。未来を失っていく世界の始まり、その冒頭に、原爆というこの世の地獄があったのは、まさに象徴的というしかあるまい。未来がなくなれば、現在に極楽と地獄がやってくるしかないのは、あまりに当然ではないか。

もう一つ、現代の迷妄と呼ぶしかないものがある。それが自分、個性の尊重であろう。私はそういうものを尊重する必要はないと述べているのではない。なにが自分で、なにが個性か、それを問題にしているのである。個性とは生まれつき定まったもの、つまり自然に定まったものであり、神が与え賜うたものである。それを備えているのが個人である。それだけのことではないか。その点については、すべての人が実は「同じ」である。

それなら個性を大切にするとはどういうことか。個性を大切にするのは、どんな人でも大切になさいということではないか。じゃあ元に戻って、それと個性とはどう関係するのか。「どんな人でも」ということであれば、わざわざ個性と、取り立てて言うことはあるまい。

生まれつきの個性をその子の最大の価値だなんて、教えてこなかったか。生まれつきが最大の価値なら、江戸の封建主義より封建的であろう。江戸時代なら生まれつきは士農工商の四つで済んだが、いまは万人がそれぞれ個性という身分をもった、とんでもない封建社会ではないのか。生まれつきが一番大切なんだから。

教育が崩壊する理由がお分かりであろう。生まれつきに価値を置いてしまったら、その後の訓練に本質的意味はない。だから過去においては、いくらバカでも殿様は殿様になった。個性もそれと同じであろう。江戸三百年の封建制度を維持できたのだから、個性という封建制度で社会が維持できないとはいえない。しかし、江戸以上の封建制で、本当に社会が維持できるかどうか、私は見ものだと思っている。

生まれつきの個性と関連して、おかげで人は「変わらなくなった」。あくまでも「自分は自分」なのである。変わらない自分に真の未来はない。それにお気付きであろうか。自分が変わらない以上は、自分の外部の条件が変わらない限り、未来は十分に予測可能である。つまり確定した未来が得られる。あるいは、確定した未来しか得られない。だからすべての人が外部の条件を心配するようになった。それがたとえば年金問題であろう。しかしいくら年金を心配しても、寿命が来てしまえばおしまいである。いつ自分の寿命が来るか、知っている人はいるか。最大の問題はここであろう。自分を固定してしまえば、未来は外部条件によって予測可能となる。それが現代の迷妄である。世界を見ているのは自分である。その自分が変われば、世界は変わる。外の世界が変わるのが変化なのではない。それを見ている自分が変わること、それが世界に最大級の変化をもたらす。だからアルキメデスは風呂から飛び出して、裸でシラクサの町を走ったのである。ではアルキメデスの原理を発見する以前のアルキメデスに、それが予測できたであろうか。

現代人が未来を失ったのは、自分の変化を信じなくなったからである。その誤った信念を支える最大の概念が自己であり、個性である。いまの自分が本当の自分か。それなら、その自分はなぜいつ死ぬのか。いまの自分が本当の自分であるなら、自分が死ぬはずはないではないか。

いまの自分は生きているのだから。

子どもにははじめから未来がある。それが明るいかどうか、孔子様でも分からない。しかし、その未来すら子どもから奪う。それが現代社会である。それだけは銘記していただきたいと思っている。

（二〇〇七年四月）

学校で育てたい人間像

私は学校が嫌いで、不適応な子どもだった。多くの子どもがそうだったと思うが、学校は友だちがいるから楽しいので、学校自体は基本的にイヤなところだった。それではいけないかというなら、それでよかったのだと、いまでは思う。社会に出たら、イヤだというなら、イヤなことばかりなのだから、イヤなことを耐え忍んで、なにかを成し遂げる個人的訓練という意味では、学校教育はたいへん有益である。

私は小学校二年生の八月で終戦を迎えた。あのころの小学生の生活は、いまでいうならほとんど児童虐待であろう。食べものはロクなものはなかった。戦後の世の中が少しよくなって、小学校でお弁当の栄養価を調べる調査があった。そのときの私の弁当なんか、ご飯のほかには、昆布が入っている程度、子どもながらいささか恥ずかしかったが、それでも本人は元気なんだから、栄養もクソもない。いまでも病院にほとんど行かないのは、当時からの訓練であろう。あちらが悪い、こちらが悪いと、だれかがいっているのを聞くと、当たり前だろうが、と思ってしまう。寿命は自分で決められるものではない。そういう思いが身についてしまっている。

だから自殺なんか、まったく考えたことがない。どうせいつか死ぬに決まっている。万事はそれまでの辛抱ではないか。

「学校で育てたい人間像」というテーマをいただいて、そこでハタと困った。子どもは「育てたい」のではなくて、「育ってしまう」のである。「ひとりでにそうなる」、それを自然という。自然に対してできることは「手入れ」だけである。なんとか、こちらが思うような方向に行ってくれないか。親ならだれでもそう思うであろう。でもなかなかそうはいかない。うまくそう行っている面については、じつはなにも考えていないはずである。そこには抵抗が一切ない、問題がない。それなら「育てたい」もクソもない。当たり前だと思っているだけであろう。

手入れという思想

手入れという言葉は、自然のものを相手にするときに使われてきた。道具のように、人工物に対しても使われるが、この場合の道具は、きわめて身近なもので、ほとんど自分の身体の一部になっている対象を指すことが多い。もちろん自分の身体は自然物である。

山の手入れとか田畑の手入れは、そうした用法から発展したのではないか。山や田畑が身近になると、そこでする作業が手入れになる。すでに述べたことがあるが、手入れの対象は自然物であり、自然物はそもそもが自分とは独立の存在である。しかしそれに勝手にされては困るので、なんとか「自分の思うように」したい。そうかといって独立の存在なのだから、本質的には思うようにはならない。「そこをなんとか」するには、どうすればいいか。

まず相手がそういうもの、独立であることを認める。次にそれを自分の思う方向に向けようと努力する。ただしそれが「勝手読み」では意味がない。勝手読みとは、碁や将棋で相手の打つ手を自分の都合のいいほうに予測することである。相手は独立なんだから、それはムリというものである。じゃあどうするかというなら、相手の反応をまずよく見るしかない。そのためには、毎度のお付き合いが必要である。ちょっとこうしてみて、うまくいきそうなら、それをさらに伸ばしていく。具合が悪いなら、別なほうに押してみる。そうした小さな試行錯誤を繰り返しながら、できるだけ思う方向に誘導する。

それをしようと思うなら、結局は「目が離せない」。いつも片目では、見ていなきゃならないのである。田んぼの稲だろうが、子どもだろうが、同じことである。雑草が生えてきたら、草むしりがいる。イナゴが増えたら、子どもに採らせる。こうした手入れの思想が、日本人の生き方の根幹だった。私はそう思う。

それをするから、いつの間にか、努力・辛抱・根性が身につく。これを教えることはできない。教わるほうが嫌がるに決まっている。そうではなくて、こうした性質は手入れを続けることによって、手入れを続ける側に、ひとりでに備わってくる性質である。手入れを続けることが、なんと自分自身に対する手入れになる。

　田畑をいじろうが、女性が自分の顔をいじろうが、子どもの教育をしようが、家の掃除をしようが、かつてはすべてが手入れの一言だった。私はそう思う。それを思想というので、「なんとか全集」に書かれているのが思想なのではない。思想とは、それで生活のすべてが基本的に律せられるものである。頭の中にあるものではない。じつは学校教育がそこから遊離したことを、近代というのではないか。だから親も先生もどうしたらいいか、わからなくなる。基本原則が定まっていなければ、迷うに決まっている。

　そこでもう一つ、大切なことがある。現代社会では、すべてが意識的である。それは説明が可能だと信じられている、ということである。だからこそ、説明責任などという言葉が生じる。しかし自分の人生が果たして説明できるだろうか。もし説明できる範囲に仕事を止めるなら、まともな仕事にはならないはずである。だから私は『大切なことは言葉にならない』（新潮社）という本を書いた。でも十分に理解されるとは思っていない。

身につく

　教育であれ、「教養」であれ、大切なことは、身につくことである。身につくというのは、身体的だということである。ということは、かならずしも意識的ではない、ということになる。

身体は基本的には無意識だからである。われわれは自分の寿命を知らない。身体のどこにガンがあるか、それも知らない。

学校で育てたい子どもを考えるのであれば、ぜひ体育とはなにか、その本質を考えていただきたい。私見だが、現在の体育は、解釈が狭くなりすぎている。いわゆる運動、つまりスポーツをすることが体育なのではない。体育は知育、徳育、体育という三分割の一つで、これは脳神経系でいうなら、感覚からの受容（知育）、脳の中での演算とその結果の表出可否の決定（徳育）、運動系への出力（体育）を指す。見聞きすることで学ばせるのが知育だが、これはだれでも理解するであろう。では徳育がなぜ脳の中かというと、これは意識の基本的性質に関係する。意識は脳の演算結果だから、その結果を外に出すかどうか、その決定をしなければならない。そこで問題なのは、演算は自動的だということである。常識は「水が飲みたいと思ったから飲む」だが、じつは「水が飲みたい」という意識の発生以前に、脳は水を飲むという行動に向かって動き出している。脳生理学はそういう。だから意識にできることは、それを「止める」ことだけである。だからこそ、ほとんどの道徳律が禁止の形をとる。極端な道徳家は「思うこと自体がいけない」という。これはムリである。思うのは仕方がないが、やってはいけないのである。

その最後が体育である。広義の運動、つまり具体的に演算結果を外に出す。それをすると、外界が変わる。一歩歩けば、景色がずれる。つまりただちに受容が変化する。運動から受容への循環、そのつながりをきちんと確保することこそが、体育の本質である。その循環が切れてしまうと、畳が腐るほど勉強したけど、という話になる。入れたものの、出ようがない。役に立たない秀才ができる。

この体育が、教育ではいちばんむずかしい。昔はこれを文武両道と呼んだ。修文練武である。しかし文すなわち感覚からの受容と、武すなわち随意筋の動きが無関係では意味がない。すでにそれが江戸の武士に生じたことであろう。朝のうちは座敷に座って論語を読み、午後は道場で竹刀で殴りあう。両者に必然的な関係がない。その反省が陽明学になる。入れたものから演算して、正しいと思ったら、すぐに実行する。でもこれは短絡である。うっかりすると、大塩平八郎、三島由紀夫になってしまう。陽明学の知行合一とは、右の受容から表出までの循環が正しく成立していること、それを指すに違いない。

ここに単純な解答なんかない。一生かかって学び続けることなのであろう。もし私に「育てたい人間像」があるとすれば、ここである。さまざまなことを、ひたすら身に着けていこうとする態度、その態度を「身につけさせる」ことである。学習態度ができていない生徒は、生徒ではない。しかもその「態度」は、生徒の時だけではない。人は一生のあいだ学び続ける。それを学校で身に着けさせるのではなくて、なにを身に着けさせるというのか。

現代教育の問題

私が現役だったころから、受験の弊害はたえず指摘されてきた。いまは子どもの数が減り、そういう面は実質的にゆるくなったから、楽になったはずである。旧制高校の受験生活を扱った久米正雄の小説があるが、これは戦後のいわゆる受験地獄とまったく同じといっていい。つまり受験競争は日本の世間にいわば内在している性質であって、ゆえに受験だけを取り上げて片付くという事象ではない。

問題は受験というより、そこには短期的視野しかないということであろう。短期的視野の教育を受けた子どもたちは、短期的視野でものを見るようになるはずである。そこがまずいので、乱暴にいうなら、それだけのことであろう。

現代人が短期的にしか考えなくなったことは、たえず感じる。江戸時代なら親子三代かけて成し遂げるような事業があった。いまは親がすることと、子どもがすることが違っていても、なんの不思議もない。家業を継ぐ人は、むしろ例外になった。サラリーマンの比率が、労働人口の七割を超えているからである。

こうした時代に、短期的視野で教育をするのは、それなりに適応的であろう。だから予備校が確立する。問題はそれに適応した子どもが、「学校で育てたい子」なのかどうか、である。

おそらくそうではないということは、学校が予備校ではないということからわかる。

では、どういう子どもを育てたいのか。私が卒業した中学高校はカトリック系の私学で、教育の目標は「良き社会人を養成すること」だった。これならべつにだれも文句はあるまい。学校教育とは、社会的適応ができていて、社会の役に立つ人を育てるのだとすれば、それを一言で示している。戦前であれば「国家有為の人材を育てる」で済んだ。「良き社会人」はそれを「民主的に」言い換えただけともいえる。公式的にいうなら、これに付け加えることはない。そもそも義務教育なら、とくにそうであろう。だって国がやるということは、そういうことだからである。

それで本当にいいのか、戦前のように国が「間違っていたら」どうする。国が間違っていて、そうではない「正しい」教育をする。そんなこと、できるか。だから教育は人類普遍の真理に立脚しなければならない。そんなことがいわれそうである。じゃあ、先生方は人類普遍の真理を知っているのか。国にしても、先生にしても、仮にそう思ったとしたら、そこがいちばん困るところである。だから私は『唯脳論』を書いた。それが真理だと思っているのは、あなたの脳、つまり意識でしょうが。それはどこまで信用できますか。だって、意識のない時間が人生の三分の一はあって、その時間に身体はしっかり働いているのである。意識のない時のあなたの意見とはなにか。それはいわば身体の意見であって、それを意識は直接には理解できない。

でもその身体こそが自分で、それが真に「かけがえがない」ことは、だれでもわかっているはずである。先生の代わりは、だれかができる。自分の代わりなんてない。それが個ということで、個はじつは学校教育にはなじまない。

戦後の教育は、そこが不確定だった。個性はもともとあって、身体的である。そこに信頼を置くなら、学校教育は画一的でいい。個性は生まれつきで、生まれつきなら、定義により「どうしようもない」からである。画一が個性を殺すというのは、真の個性を信頼していない証拠ともいえる。私が学校嫌いで、折り合えなかったのは、私の個性で、それなら学校のおかげでその個性が曲がったかというなら、曲がらなかった。もともと曲がっていたものが直らなかったといってもいい。その曲がっているのを、ブン殴るというのがいけないので、曲がってるよ、でいいのである。個性は「認めるしかないもの」であり、それ以上でも、それ以下でもない。個性はだれでも持っているもので、その意味で価値の上下はない。始めからある、どうしようもないもの、それには価値もクソもないではないか。

私にとって、興味深く思われる調査結果があった。日本人とアメリカ人、それぞれ百人の大学生に、「自分で決めたいこと」を書かせた。そうしたら、アメリカ人の大学生は与えられた用紙をすっかり埋めて、裏まで書いたヤツがいた。日本人は二行で終わり。これは良し悪しではない。そういうふうに「違っている」のである。個というのは、育っていく過程でその意味では「作られる」。それは教育だけではなく、育っていく過程そのものにいわば内在する傾向である。だから「お茶にしますか、コーヒーにしますか」なので、「そんなこと、いちいち客に訊くな、面倒くさい」というのが私の反応だが、そんなアメリカ人はほぼいない。そういう些事から「自分で決める」ことを繰り返して、個が育つ。それは個性ではない。それは社会は個を基礎として成立するという思想の結果である。日本の社会がどうかというなら、世間がそうではないことが、先生自体の社会を見ればわかる。先生らしくとか、先生にあるまじきとか、すでに先生というものの社会的なイメージがあらかじめできているではないか。

個性を育てるというのは、おそらく間違い、それが強すぎる表現だというなら、そんなことは必要がない、というべきであろう。できるだけフツーの人になればいいのである。個性があるから、それがなかなかできないからである。そこまで個性を信頼していないから、逆に個性を育てる、などという。でも実情がそうでないことは、「自分で決めたいこと」という調査を見ただけでわかるではないか。これも良し悪しではない。日本の世間という社会システムが、そういうふうにできているので、「良き社会人」とはそれに適応した人なのである。教育がその意味では日本もアメリカもきちんと機能している。だからその社会の性質をみごとに示す大学生ができてきたのである。

だから教育に私はあまり期待していない。それは政府に期待せず、官僚に期待しないのと同じことである。生徒に対してはなにを要求するかというなら、「学ぶ態度」だけである。なにかを真剣に学ぼうとするなら、そこには自ずから真の学ぶ態度が出現する。その態度さえ身につければ、一生学ぶことになる。教師自身がそうなら、生徒もひとりでにそうなるはずである。

ではその態度とはなにか。

「自分がなにも知らない」。それだけであろう。現状でよしとするのでなければ、人は学ぶ。ソクラテスがいったことは、それであろう。「アテネでもっとも賢い人はソクラテスだ」というデルフォイの神託が下って、ソクラテスはそんなはずはない、という。ただし、とかれはいう。自分がただ一つ、ほかの人と違うとすれば、「ほかの人はなにかを知っていると思っているが、私は自分がなにも知らないということだけを知っている」といった。これは謙遜でもなんでもない。じつは「学ぶ態度」を述べたのである。すでに「知っていると思っている人」は、もはや学ばないからである。

（二〇一一年六月）

恩師と教育

べつに夫婦だけではない。先生も医者も、相手との相性がある。大学時代の恩師を私は敬愛していたが、同じ先生を嫌った人も当然あったのではないかと思う。

でもそういうことは、どうでもいい。私が教わったことは、盗むことである。東京大学全体のことは知らない。でも私が在籍していた頃の東大の解剖学教室には、その伝統があったと思う。

恩師は俺はなにも教えた覚えはないというのが口癖だった。弟子がなにか学んだとしたら、せいぜい弟子がそれを師から「盗んだ」だけである。恩師のそのまた先生が同じだった。その先生にもお弟子さんが多かった。でも孫弟子の私から見ると、そういう先輩たちにはどこか似たところがあった。師を見てときどき真似ているうちに、似てしまったのだと思う。盗んだだけではない。「伝染(うつ)った」のに違いない。飼い犬と飼い主が似てくるのと同じことかもしれない。

ただその根底にいくつかのことがある。まず第一に、信頼である。私が師を選んだのはそれが第一だった。師は親と似たようなものだから、信頼できなければ、それこそ話にならない。私はたまたま敗戦の日に小学生で、世間の転変を知っている。だから信頼できる相手でなければ、師と仰がなかったはずである。恩師は東大医学部が元凶だとされたあの東大紛争のときに、二期四年学部長を務め、紛争を終息に導いた人である。多くの人、それこそ造反学生にも信頼されなければ、あれはできなかったはずである。恩師以前の学部長は、現在の日本国首相のように、コロコロ変わった。

第二に、愛情である。恩師は愛情の強い人だった。小さいときから両親に死に別れ、親戚に育てられたというから、寂しがり屋でもあったが、それがよい方に出たと思う。人が好きで、好きな人に囲まれているのが好きだった。人をうるさいと思う人では、教育者に向かない。私自身がそうだから、わかるように思う。

恩師の旧制高校在学時に、同室の友人が精神の病に冒された。若気の至りで「自分が治してみせる」と決意し、北海道の牧場で一年を一緒に過ごしたという。おかげで一年留年することになり、もちろん友人は治らず、やがて亡くなった。いま、だれがそこまでするだろうか。恩師の定年のお祝いに、その牧場主の奥様が来られた記憶がある。

第三に、人への理解である。恩師の口癖は「教養とは人の心がわかる心」だった。どんな相手にも、心を開いて接することができた人だったと思う。ダメな人にはダメなりに、である。

それがわからない人がいたのは、やむをえない。恩師のせいではない。

思えば私は師に恵まれた。あらためてそう思う。一つにはよい忠告があったからである。大学に残ろうか、どうしようか、学生時に迷ったときに、研究者だった義兄から、大学に残って研究をしようと思うなら、先生だけは尊敬できる人を選べ、といわれた。だから恩師を選んで、それがよかったのである。

現代人にたがいの信頼感は薄い。貧しい時代ほど信頼の大切さを知る。自分の作り出すエネルギーの四十倍という外部エネルギーを平気で消費している人たちには、人自体のありがたさなんか、わかりにくいに決まっている。万事は外部エネルギーを増やせば済んでしまう。バカな時代状況を作っておいて、教育だけを論じても意味がないなあ。

私の恩師とは、亡くなられたが、中井準之助先生である。そのまた先生とは、小川鼎三（ていぞう）先生である。

（二〇一二年二月）

教育について

「政治と教育はパーティーの話題にはしない」。以前そういう話をどこかで読んだことがある。どちらも誰でも何か言い分があって、しかもなぜかどこかに感情が入る。喧嘩になりやすい。両者の共通点はまだある。どちらもじつは実行の問題であって、議論では片づかない。ここは重要なところだと思う。大学で私が教えたのは解剖学である。講義はほとんどしなかった。解剖学は人体を言語化するものだが、講義してもほとんど伝わることはない。学生が聞いていないし、話だけではピンと来ないことは、教えるほうもわかっている。解剖学の主体は実習である。二人に一体、あるいは四人に一体という密度で、全体で三か月ほど午後いっぱい使って実習をする。

人体は自然物で、それがどうなっているにせよ、そうなっていることは、しかたがないものである。私自身が学生の時に学んだのは、それだった。現にそうなっているものは、しかたがないだろう。文句を言っても始まらない。三半規管はジャイロスコープの役をする。それなら一つでいいはずだが、実際には左右二個ある。船なら一個でいいが、魚でも二個ある。どういうつもりかわからないけれども、二個あるものはしかたがない。若いうちはこういう見方は、一種の敗北主義に思えた。でも議論上ならともかく、三半規管と喧嘩をしても始まらない。

八十代の半ばに近づいて、自分が不急不要の存在になってみると、冬の晴れた日に縁側で日向ぼっこしているのが気持ちがいい。ネコの気持ちがわかるようになった。最終的には自然と合一すればいい。現代社会は徹底的にその邪魔をする。「自然と合一」なんて言ったところで、その自然自体が人力で動かされてしまう。その勢いはヒト自身にも及びかねない。

教育の根底にある基準は何か。定義されているわけではないが「人とはこういうもの」ということであろう。これは多くの人に前提とされていると思う。現代科学の進歩はその基準そのものを動かすかもしれない。いわゆる進歩とされることの中で、そこがいちばん気持ちが悪い。ゲノム編集の技術にノーベル賞が授与される時代である。ゲノムを変更することでヒトを変える。そうなると、人とはそもそもどういうものかがわからなくなる可能性がある。暗黙の基準が動いてしまうではないか。

ホモ・サピエンスの成立以来、例えば社会から徹底して排除されてきたのは言語能力を欠く人たちだったはずである。現代でも言語能力がないと、社会から外されてしまう。AI社会になって、今度はほとんどの人が仕事から排除される可能性が論じられている。言語が成立したころの社会とよく似た状況であろう。それならそういう社会に適応できるように人を変えてしまえばいい。未来社会はそういう方向に動くにちがいない。意識的に変更可能なものは、全て変更の対象となる。

そういう時代に、教育の居場所はどこにあるか。人とはどういうものか、それを確保することであろう。ヒトの性質は生まれつきが五分、環境が五分である。教育は後者に属する。生まれつきをいじる社会が成立すると、「ヒトとはこういうもの」という尺度が必要となる。それは本来はゲノムによって確保されてきた。もちろん「ヒトとはどういうものか」を意識化することの是非が前提となってくる。ビッグデータはそれに使われる可能性が高い。医学ではすでにそれは「正常値」として常識化されている。学力で言うなら偏差値である。

（二〇二一年三月）

母としての役割

母が逝って二十年を超えた。何年かして家内が東大寺の灯籠を模した仏壇を作らせた。工芸品だから、玄関先に置いてある。お客さんは装飾品だと思っていると思う。位牌はその中に入れてある。

母はさんざん親不孝をしたと、よく言っていた。明治生まれ、三人姉妹の長女だったから、婿を迎えて家を継ぐはずだった。でも田舎を飛び出して、医者になった。具体的ないきさつは『紫のつゆ草』（かまくら春秋社）という自伝に書いている。

私はその親不孝の息子だから、親不孝だと思っている。正直なところ、本当は母と意見が合わなかった。大学進学の時も、北大か九大の昆虫学教室に行きたかったが、母にダメだと言われた。それを押して自分を通すほど、私は自分に自信がなかった。

自分が本当に母から独立したと思うようになったのは、現在の家内と結婚してからである。それまでは母親というお釈迦様の掌にいたような気がする。異国風にいうなら、母はグレート・マザーだったのである。ただひたすら、息子を自分の理解の範囲にとどめておこうとする。

むろん悪意からではない。それは母としての役割だといってもいいし、愛情だと見てもいい。いまは一人っ子が多いはずである。それならグレート・マザーもごく普通にいるはずである。だからそういう母親が当然になったと思う。

ただしそれは、男の子をある意味で育たなくする。現代は男性がおとなしい。大学で教えていたころも、しみじみそう思ったことがある。教室を見渡すと、女子が前のほうに座って、男子が後ろのほうにいる。レポートを書かせると、女性はしっかり自分の意見を書くことが多いが、男の子は軽い理屈しか書けない。さもなければ、ほとんど何も書かない。言葉を扱わせたら、男は女に敵うはずがない。

獅子はわが子を千尋の谷底に突き落とす。昔はそんな表現があった。そんなものは当然、いまでは死語である。男の子が育たないわけ。父は三十四歳、母は九十五歳で亡くなった。いまでも女性の平均寿命は男性より数年長い。男女生存機会均等法を創れというのが、私の年来の主張である。自然のままなら、女性が長生きする。でも自然のままなら、それは文明ではない。単なる野蛮ではないか。

（二〇一七年十月）

あとがき

本書はここ二十年ほどの間に、さまざまな媒体に発表した文章をまとめたものである。若い時は、自分の考えを懸命に書いていたという印象がある。テーマが多岐にわたるのは、依頼に応えて書いたからであるが、通底している考え方は一緒である。その根本は、今も変わっていない。

本書の校正刷りが届いた二〇二三年夏は、まさしく死にそうな暑さだった。九月に入っても衰えない残暑は、たまたまブータン旅行をして免れた。久しぶりのブータンが良い夏休みになった。なにしろ首都ティンプーが標高二四〇〇メートルくらいで、暑くなりようがない。乾燥してもいるので、過ごしやすい。

私が最初にブータンを訪れたのは、大学を辞した一九九五年のことで、その後数回訪問したが、この間、ブータンはひたすら「脳化」したように思える。つまり都市化したのである。

それでも人々の気持ちは変わらない面が多い。今回初めて訪問したお寺で、和尚さんに「いつかお会いしたような気がするんですが」と言ったら、「当然でしょう。日本みたいな遠い所からこの田舎のお寺にわざわざ来たんだから、どこかでご縁があったに決まってます。今日、ここで私があなたにお会いすることは、お釈迦様はとうにご存じです」と言われてしまった。きっと前世にどこかで知り合っていた人なのであろう。

最初にブータンを訪問した際、ビールを注いだコップに飛び込んだハエを指先で救いだして、「お前のお爺ちゃんかもしれないからな」と笑って私を見た連れのことが忘れられない。現代の日本人は物事にこういう解釈をしない。だから退屈するのであろう。

指先にいるハエ一匹、初めて出会った他人、そういう存在がなにかのご縁をつないでいると思えたら、想像力の鍛錬にもなるし、その分世界は豊かになるに違いない。現代日本は合理的、効率的に考えることに慣れて、生きていること自体がそもそも摩訶不思議だということをすっかり忘れてしまったらしい。それで心が落ち着かない、おだやかにならない、と文句を言う。心を落ち着かせるような考え方や儀礼を、古臭いとか、不合理だと見なして、近代日本社会はそういうものを組織的に破壊してきたのである。

ブータンもそうならなきゃいいが。久しぶりに訪問して、珍しくしみじみそう思った。

二〇二三年　初秋

養老孟司

初出一覧

＊本書収録に当たりタイトルを変更したものは、初出時のタイトルをカッコ内に示した。
＊媒体名、発行所名は初出当時のもの。発行所もしくは名称が変わっている場合は、現発行所名をカッコ内に示した。

幸福
日本人の幸福とは　「読売新聞」二〇〇四年一月三日　読売新聞社
ブータンで考える（ブータン紀行）「旅」二〇〇四年九月　新潮社
森を捨てたヒトが還る場所。「東京人」二〇一六年七月号　都市出版

風景
木の芽時（変な私？）「明日の友」二〇〇三年初夏（六月）　婦人之友社
新緑のころ（想像が膨らむ、自然の風景）「日経ＥＷ」二〇〇七年四月号　日経ＢＰ
高知の自然と、昆虫と　「ジパング倶楽部」二〇〇八年五月号　交通新聞社ジパング倶楽部事務局
旅は楽しい　「ブルーシグナル」二〇一四年五月　西日本旅客鉄道広報部
木を見て、森を見る　「婦人画報」二〇〇六年一月　ハースト婦人画報社

最適な生き方　（同）二〇〇六年二月号
当たり前のこと　（同）二〇〇六年三月号
高からず低からず　（同）二〇〇六年六月号
一三五〇グラム前後　（同）二〇〇六年七月号
田園の憂鬱　（同）二〇〇六年十月号

虫の愉しみ
ボクの虫捕り　『完訳ファーブル昆虫記』月報第一号　二〇〇五年十一月　集英社
好きなもの　「山形教育」二〇〇六年十二月　山形県教育センター
老齢の楽しみ　「京都新聞」二〇一三年二月十九日　京都新聞社
虫の面白さ　「エイジングアンドヘルス」二〇一二年四月春号　長寿科学振興財団
虫の道具　（同）二〇一二年七月夏号
ラオスの虫採り　（同）二〇一二年十月秋号
虫の分類　（同）二〇一三年一月冬号
私の嗜み（採って標本にして観察して……）「嗜み」二〇一四年秋（十月）　文藝春秋企画出版部

健康
健康を心得る　「花園」二〇一〇年四月号　妙心寺派宗務本所教化センター
虫採り健康法　「けんぽ」二〇〇三年八月　法研

初出一覧

健康の前提　(同)二〇〇三年十二月
癒し　(同)二〇〇四年一月
痛み　(同)二〇〇四年二月
自分を肯定する　(同)二〇〇四年三月
医者に行くか、行かないか　「「がん治療」新時代」2　二〇一三年一月　メディネット
病気はだれのもの　(同)4　二〇一四年四月
年寄りの不機嫌　(同)8　二〇一五年十月
老化　(同)10　二〇一六年九月
あなた任せ　(同)11　二〇一七年一月
統計数字　(同)12　二〇一七年五月
老人の生き方　「myb」二〇〇九年一月　みやび出版

文化・伝統
伝統文化の意義　「伝統文化」二〇一四年春(二月)　公益社団法人伝統文化活性化国民協会
その日その日　「第四十五回鎌倉薪能」二〇〇三年十月八、九日　鎌倉市観光協会
能と言葉　「歌占」パンフレット　二〇〇九年三月六日　大阪能楽会館
文化の成熟とはなにか　「コネスリーニュ・レヴュ」二〇一七年秋　大丸松坂屋百貨店お客様営業統括室
私の祇園　「ぎをん」二〇一一年四月十日　祇園甲部組合
山中閑居　「京都支部だより」二〇一三年九月一日　表千家同門会京都支部

私の銀座　「銀座百点」二〇一八年一月号　銀座百店会
落語と私 私と落語　「東京かわら版」二〇一三年一月号　通巻470号　東京かわら版
嗜みってなんだ　「嗜み」二〇〇八年春（三月）　文藝春秋企画出版部
自分の書斎と女房の茶室　「週刊現代」二〇一三年一月五日、十二日合併号　講談社
私の小林秀雄　「CDクラブマガジン」二〇一一年三月号　ソニー・ミュージックダイレクト

犬と猫
人と犬の暮らしを考える　「月刊わんLOVE」二〇〇七年一月号　学研
〝モノの区別〟を犬に教わる　（同）二〇〇七年二月号
なまえの疑問　（同）二〇〇七年三月号
人と犬のコミュニケーション　（同）二〇〇七年四月号
「触覚」で作る、人と犬の絆　（同）二〇〇七年五月号
得手勝手　「ねこ新聞」二〇〇九年八月号　猫新聞社
ネコ　「會報」二〇一六年春（四月）　日本エッセイスト・クラブ
ネコの椅子　『東川町　椅子コレクション1』二〇一七年六月　発行　写真文化首都「写真の町」東川町、
　発売　かまくら春秋社
ネコと虫と　「群像」二〇一三年一月号　講談社

教育

初出一覧

ヤケクソ教育論　「教育展望」二〇〇六年三月号　教育調査研究所
見ること　「そよかぜ通信」二〇〇六年春号（三月）　教育出版
人生をよく理解しているプーくまは大人だ　「飛ぶ教室」二〇〇六年夏号（七月）　光村図書出版
母子関係　「赤ちゃんとママ」二〇〇六年七月号　赤ちゃんとママ社
孫　（同）二〇一〇年十一月号
いちばん大切なこと　（同）二〇一一年三月号
教育に大切なもの　「交流」二〇〇六年十二月　中部電力
子どもの明るい未来……どう考えるのか　「幼稚園じほう」二〇〇七年四月号　全国国公立幼稚園長会
学校で育てたい人間像　「教育展望」二〇一一年六月号　教育調査研究所
恩師と教育　「中央公論」二〇一二年二月号　中央公論新社
教育について　「教育展望」二〇二一年三月号　教育調査研究所
母としての役割　「文藝春秋」二〇一七年十月号　文藝春秋

本書について――編集部注

＊本書は、二〇〇三年以降に発行された新聞・雑誌・印刷物所載のエッセイから単行書未収録作品を選りすぐり、一冊に編んだものです。
＊特殊な場合を除き、用字用語、表記は初出に従いました。ただし、数字表記は本書内で統一し、誤記誤植を訂正したほか、いくつかの人名については当時の肩書などを補いました。
＊各エッセイの文末に掲載年月を付しました。詳細な書誌データは「初出一覧」のとおりです。

養老孟司　ようろう・たけし

一九三七年神奈川県鎌倉市生まれ。六二年東京大学医学部卒業後、解剖学教室に入る。九五年東京大学医学部教授を退官。現在、東京大学名誉教授。医学博士。八九年『からだの見方』(筑摩書房)でサントリー学芸賞受賞。二〇〇三年『バカの壁』(新潮新書)で毎日出版文化賞特別賞受賞。その他著書に『唯脳論』『養老孟司の人間科学講義』(ちくま学芸文庫)、『解剖学教室へようこそ』『考えるヒト』(ちくま文庫)、『からだを読む』『無思想の発見』(ちくま新書)、『「自分」の壁』『遺言。』『ヒトの壁』(新潮新書)、『ものがわかるということ』(祥伝社)、『老い方、死に方』(南直哉ほかとの対談、PHP新書)など多数。

ヒトの幸福(こうふく)とはなにか

二〇二三年十一月十一日　初版第一刷発行
二〇二四年　三　月十五日　初版第三刷発行

著者　養老孟司
発行者　喜入冬子
発行所　株式会社　筑摩書房
一一一―八七五五　東京都台東区蔵前二―五―三
電話番号　〇三―五六八七―二六〇一（代表）
印刷　株式会社精興社
製本　株式会社積信堂

ISBN 978-4-480-81575-0 C0095

◉養老孟司の本◉

生きるとはどういうことか
養老孟司
人生、言葉にならないことが、じつはいちばん面白い！　日本の知性・養老先生が20年間に執筆した随筆から選んだ精選集。ヒトを問いなおす思索の旅にご招待。

〈ちくま文庫〉
解剖学教室へようこそ
養老孟司
解剖すると何が「わかる」のか。動かぬ肉体という具体から、どこまで思考が拡がるのか。養老ヒト学の原点を示す記念碑的一冊。
解説　南直哉

〈ちくま文庫〉
考えるヒト
養老孟司
意識の本質とは何か。私たちはそれを知ることができるのか。脳と心の関係を探り、無意識に目を向ける。自分の頭で考えるための入門書。
解説　玄侑宗久

〈ちくま学芸文庫〉
唯脳論
養老孟司
人工物に囲まれた現代人は脳の中に住む。脳とは檻なのか。情報器官としての脳を解剖し、ヒトとは何かを問うスリリングな論考。
解説　澤口俊之

〈ちくま学芸文庫〉
養老孟司の　人間科学講義
養老孟司
ヒトとは何か。「脳・神経系」と「細胞・遺伝子系」。二つの情報系を視座に人間を捉えなおす。養老「ヒト学」の到達点を示す最終講義。
解説　内田樹

〈ちくま新書〉
からだを読む
養老孟司
自分のものなのに、人はからだのことを知らない。たまにはからだのことを考えてもいいのではないか。口から始まって肛門まで、知られざる人体内部の詳細を見る。

〈ちくま新書〉
無思想の発見
養老孟司
日本人はなぜ無思想なのか。それはつまり、「ゼロ」のようなものではないか。「無思想の思想」を手がかりに、日本が抱える諸問題を論じ、閉塞した現代に風穴を開ける。